SOLIDÃO CONTINENTAL

CB131486

João Gilberto Noll

SOLIDÃO CONTINENTAL

EDITORA RECORD
RIO DE JANEIRO • SÃO PAULO
2012

CIP-BRASIL. CATALOGAÇÃO NA FONTE
SINDICATO NACIONAL DOS EDITORES DE LIVROS, RJ

Noll, João Gilberto, 1946-
N729s Solidão continental / João Gilberto Noll. – Rio de Janeiro: Record, 2012.

ISBN 978-85-01-09902-0

1. Romance brasileiro. I. Título.

12-2744 CDD: 869.93
CDU: 821.134.3(81)-3

Copyright © João Gilberto Noll, 2012

Capa: Victor Burton

Texto revisado segundo o novo Acordo Ortográfico da Língua Portuguesa.

Direitos exclusivos desta edição reservados pela
EDITORA RECORD LTDA.
Rua Argentina 171 – 20921-380 – Rio de Janeiro, RJ – Tel.: 2585-2000

Impresso no Brasil

ISBN 978-85-01-09902-0

EDITORA AFILIADA

Seja um leitor preferencial Record.
Cadastre-se e receba informações sobre
nossos lançamentos e nossas promoções.

Atendimento e venda direta ao leitor:
mdireto@record.com.br ou (21) 2585-2002.

Para
Rafael Costa,
Fernando Ramos
e
Clarice Müller

O inseto petrificado
na concha ardente do dia
une o tédio do passado
a uma futura energia.

(Carlos Drummond de Andrade)

1

Ventava na Randolph Street e eu me perguntava até onde iria a vaga disposição de procurar. Uma lembrança rondava pelas minhas têmporas. Esperando o sinal abrir para pedestres, esfreguei-as disfarçadamente.

E já nem percebia com alguma transparência o motivo de eu estar em Chicago. Aproveitei a súbita confusão mental e me senti liberto dos meus eventuais afazeres. Quais seriam?, me indaguei e continuei a andar. Duvidava serenamente de que a partir dali fizesse alguma diferença a razão de minha estada naquela cidade ventosa e gelada.

Lancei o desafio se não seria melhor parar e ir beber entre estranhos. O meu prazer mais dileto. Beber assim poderia me dar a chance de um náufrago desconhecido vir me abraçar e eu milagrosamente não soçobrar a esse abraço e chegar com ele até a praia para me despedir com altivez, para nunca mais. No ato de beber no meu círculo ninguém pedia socorro, eu não podia ajudar.

De qualquer maneira ventava na Randolph Street e eu olhava os transeuntes e seus cães e suas possíveis existências truncadas. Simplesmente olhava-os, e esse olhar era o motor de cada passo. Faltava-me um objetivo seguro para o périplo por aquelas calçadas limpas. Aqui ou ali eu me adiantava meio à cata de uma clara finalidade. Estava a ponto de dizer que me faltava tudo se eu não tivesse bem mais do que o necessário, apesar de não saber de onde provinha tanto e nem para que me serviria todo aquele manancial em branco.

Eu tinha uma consciência nebulosa de que dali por diante seria, sim, como se nada me faltasse, se bem que não me comovesse a história da plenitude vazia. Mas o que fazer se eu de fato era aquinhoado de uma graça mesmo que sem maiores ímpetos para usufruí-la?

E era com um sentimento assim que eu andava pela Randolph Street bebendo do vento e abrindo os primeiros botões do sobretudo para recebê-lo em médias rajadas, feito uma criança, a acentuar com isso que independente de tudo me sentia forte, um capitão do mar, ali, embalado por gélidas reviravoltas do ar.

Ventava na Randolph Street e eu apreciava uma vitrine natalina pensando se de fato teria condições de aceitar o que quer que minha incursão naquela tarde viesse a demonstrar.

Verifiquei minhas mãos e elas estavam roxas por falta de luvas. Soprei um ai! baixinho, para ninguém escutar. Meu coração quis responder a essa espécie de ínfimo chamado e se apressou. Toquei-o com a mão esquerda e vi que ele já sossegava, voltava a seu velho ritmo. Assim tirei-o da ideia e mais uma vez apaguei a consciência de que eu era nada mais que uma máquina, que precisava antes de qualquer coisa preservar a cadência das batidas, essas batidas, sim, miraculosamente regulares, ininterruptas, discretas como o quê. Expirei contemplando a fumaça sair densa da boca. E continuei a andar.

Ventava na Randolph Street, fazia um frio danado, atrás de mim o lago Michigan estava congelado e tudo, tudo de acordo com os desígnios de cada dia, incluindo nisso a minha caminhada à procura enfim de um hotel onde me hospedara num passado já distante. E este hotel, sim, assomava à minha frente, o que me fazia atravessar a rua esfregando as mãos para aquecê-las pelo tanto que eu precisaria delas como uma rima diante do potencial daquela tarde, sim, pois era o hotel em que me hospedara havia vinte e poucos anos, mas ele não tinha mais o nome de Bismarck como eu o conhecera mais precisamente havia vinte e oito anos, o hotel agora chamava-se Allegro. Parecia porém o mesmo em tudo, se sofrera uma ou outra reforma nada era visível, espiei para dentro, na escadaria que levava aos elevadores o mesmo tapete vermelho com alguns florões amarelos.

Cumprimentei o porteiro e fui entrando como uma visita a algum amigo hóspede, subi devagarinho, o pensamento lento sobre o que eu poderia fazer para engrenar um acontecimento, eu, um homem hoje com outra idade, não mais o rapaz mas o senhor insuspeito, mesmo na paranoia americana de depois do ataque às torres gêmeas, um senhor insuspeito que se dirigia quem sabe ao encontro com a filha prematuramente viúva, de Minneapolis, às vésperas de largar tudo rumo à Alemanha, agora à espera do pai ali no hotel, sem ela própria saber o que fazia naquele intervalo entre Minneapolis e Berlim, ali, num hotel em Chicago, um hotel onde o pai ficara hospedado havia exatamente vinte e oito anos, esse homem que ao certo não era pai de ninguém, que vinha atrás de algum sobrevivente como ele, um outro que também estivera naquele recinto no mesmo quarto na mesma data, ele vinha à procura dessa figura, um homem como ele, não mais um rapaz, alguém que não teria medo de contemplar hoje em suas pequenas ruínas.

Fui entrando pelo Allegro, afundando meus pés pelo tapete ainda fofo depois de todo aquele tempo e perguntei ao homem atrás do primeiro balcão que encontrei se ele conhecia o hotel Bismarck. Ele respondeu que aquele hotel tinha sido o Bismarck até quinze anos atrás. Respondeu levemente envergonhado, feito não tivesse me respondido à altura diante da ansiedade que eu demonstrava em reencontrar o antigo Bismarck. Pareceu-me que sentia ganas de evocar um passado que ele não tinha idade para ter conhecido, pareceu-me que tinha se contagiado pela fidelidade de minha lembrança e que agora se envergonhava por não poder oferecer o frêmito quase em vias de me invadir ali.

Havia no entanto em seu semblante algo escuso, como se estivesse preparando uma ilusão certeira para me vender. Ele teria, sim, o que me oferecer, em troca da mudança do nome do hotel. Em troca de mais — de qualquer frescor que o tempo soubera apagar. No começo ele fez uma cara meio condoída, embora eu só tivesse perguntado se ele conhecia por ali o hotel Bismarck. Depois ele veio com um ar de astúcia, a ponto de sugerir o que rever daquele espaço, o que sonhar, tocar, restituir.

Sempre me perguntava se as pessoas percebiam em mim um obcecado pelas coisas do sexo ou do amor ou das duas coisas juntas. Nessa altura um elevado libertino sem ação, mas sempre a postos para cair no conto de qualquer libido espúria. Já um velho animal que não poucas vezes só de roçar o pensamento na pele imaginária já pegava no sono, distendido e lasso, com medo de fracassar.

Eu estava à mercê do que quisessem fabricar em volta para satisfazer um pouco o meu tesão perpétuo. Era pouco, eu sei, muito pouco, mas com esses míseros gestos ou olhares, abortados que fossem tão logo jorrasse a água fria de uma lucidez, com esses míseros instantes eu já me dava por satisfeito. Em poucas ocasiões ainda sabia viver uma refrega insana até o choque do meu sêmen com o do outro, gerando o cansaço de mais uma batalha sobre o charco de lençóis de um verão existente mais uma vez apenas no embaçado da ideia.

Eu estava à mercê daquele homem da recepção do Bismarck ou do Allegro ou que nome tivesse aquele hotel de uma tarde fria de Chicago, eu estava à mercê das urdiduras daquele homem um tanto mais novo que eu — naquela hora eu estava à mercê do mundo e por conta do mundo eu faria o que ele bem quisesse e coloquei as mãos brancas gélidas sobre o balcão e elaborei uma expressão de otário, pronto para seguir os planos que o recepcionista aprontava para mim, e que esses planos formassem a mais cristalina realidade, sem o menor risco de subterfúgio nem nada — que eu fosse então e os vivesse com a sensação que me dominava ultimamente, de que a nata do melhor não estava mais por vir, porque o seu prazo de validade parecia ter vencido e só me restava mesmo era pôr-me em ação antes de azedar — em marcha pois, enfim.

Ele chegou sua fisionomia latina para bem perto e disse que eu poderia me sentir próximo de reaver o que eu perdera, que eu o acompanhasse até o quarto lá em cima, no último piso, que custava pouco, cem dólares apenas, e eu fiquei com medo de abrir a carteira e não ter essa quantia, ele poderia dizer trinta dólares ou cinquenta que eu vivenciaria a mesma dúvida, eu estava entrando naquela zona brumosa onde se perdem pouco a pouco as referências que me faziam um cidadão com uma soma no banco e tudo mais. Ouvi a sirene de uma ambulância ou da polícia que passava por ali, e isso me fez repetir um sim porque me confirmava a sensação de urgência e nessa urgência eu já via o recepcionista apertar o botão do elevador com o olhar agora francamente decidido, enfiando os meus cem dólares no pequeno bolso superior do paletó. Uma réstia da nota ficou de fora do bolso... Dentro do elevador, esperando que o andar chegasse, a tesa margem da nota parecia me espiar e me chamar de trouxa.

Segui-o pelo corredor sentindo com ênfase o atrito surdo dos passos sobre o tapete macio. Ao abrir a porta com o cartão, ao lado do recepcionista, vi que o quarto se encontrava com a cortina fechada, tudo bem escuro. Ele acendeu a luz do corredor. Entramos. Sobre a cabeceira da cama havia um quadro com uma dama com jeito do século XVIII meio de costas, com a cabeça virada para trás, dando um sorriso compenetrado, talvez a pedido do pintor. O cheiro do quarto dava a entender que tinha sido usado havia não muito, uma mistura de suor e perfume barato.

Eu me dirigira ao Bismarck hoje Allegro à procura da lembrança de Bill, um americano com quem tivera um caso ardoroso havia vinte e oito anos. Eu nunca o esquecera de fato. Fora a minha paixão calada por todos esses anos. Não sei se paixão exatamente, mas a paixão pela paixão. Um caso mal resolvido, estancado por razões geográficas. Eu precisara voltar para o Brasil, desfazer um casamento com uma mulher que até então tinha sido a mulher da minha vida. Com o combinado que dali a duas semanas voltaria para Los Angeles, onde o americano morava, mesmo que eu não tivesse trabalho nos Estados Unidos. Saí do meu emprego no Brasil, me preparando para a mudança de país. Na chegada ao Brasil, ainda no aeroporto do Galeão, convidei Elvira a sentar um pouco num *snack bar* para lhe contar sobre minha nova paixão. Ela me olhou nos olhos e disse que isso passaria. Que de fato o pênis poderia pegar qualquer um de surpresa. Era a única parte do corpo que mudava realmente de forma diante do objeto de desejo. Ela me falava como se fora a primeira vez que eu me cativava pela inescapável pujança de um pau. Ela fazia questão de soterrar o fato de que quando me conhecera eu namorava um garoto da faculdade e que todo mundo sabia disso, só Elvira que parecia não notar a ponto de me arrebatar do rapaz e me deixar perdidamente seduzido pelos sortilégios dela.

Vinte e oito anos atrás, duro, já sem emprego no Brasil, eu recebi de Bill uma passagem de avião para encontrá-lo em Los Angeles e ali ficar. Como eu me mudaria de país para viver à mercê dos dotes financeiros de quem eu tinha conhecido havia um mês? O meu casamento com Elvira se esfacelava a conta-gotas, eram telefonemas diários, ela vinha ao hotel onde eu me hospedara provisoriamente, pegava a minha mão e a colocava sobre o seio dela, enfiava-a pelo decote, pedia que eu pegasse o mamilo, o friccionasse um pouco, e eu o sentia exatamente como o pau de Bill, a mama se intumescia, não na mesma proporção, é claro, mas ela se avantajava um tanto a se corresponder com o meu afago bastante conduzido por Elvira, é verdade, ela abria a minha braguilha, aproximava seus lábios do meu pau e vinha — o certo é que esses momentos acabavam estropiando a minha resolução de mudança de país rumo ao coração de Bill.

No quarto escuro do hotel em Chicago eu esperava do homem a quem tinha dado cem dólares que tomasse alguma iniciativa para demonstrar o acerto daquele pagamento aparentemente estapafúrdio. Ele acendeu a luz de cabeceira e olhou-me com os olhos que no meu entendimento pareciam lúbricos, de alguma forma venais. Não me contive e abri as cortinas. A vista dava em arranha-céus de cúpulas várias, majestosas, um pouco do Michigan aparecia congelado, o céu cinza preparando-se pelo jeito para uma nevasca. O homem com sotaque castelhano, cabelos negros voltados fio por fio para trás, brilhosos, aproximou-se da porta do banheiro, inclinou a cabeça como que para ouvir o que ocorria lá dentro e bateu na porta duas vezes.

Ouvi a descarga. Eu não sabia o que esperar de quem estava lá dentro e que pelo jeito acabara de usar o vaso sanitário. Quem será?, supliquei baixinho para as torres dos anos 1940 agora meio encobertas pela névoa. Quem será?, repeti em ladainha para ocupar o tempo que se alongava ao máximo a ponto de começar a desacreditar num desfecho da situação ainda para aquele dia. Eu talvez precisasse esperar mais para merecer a aparição que me espantaria a partir da porta de um banheiro do hotel Bismarck ou Allegro ou o nome que aquela espelunca metida a misteriosa pudesse ter.

Ouvi uma nova descarga. Talvez a merda do(a) desconhecido(a) relutava em descer para os esgotos de Chicago. Eu temia que aquela fase probatória no quarto do hotel pudesse desembocar na visão de uma figura a sair do banheiro para não me dar nada em troca dos cem dólares pagos a um intermediário com um sorriso maroto contornando uns dentes castigados. Eu estava ali naquela tarde porque fizera por merecer através da minha abstenção sexual por aqueles anos todos. E daquela porta poderia nascer outra coisa que não o sumo sexual que eu experimentara durante dias naquele hotel com Bill havia vinte e oito anos. Que fosse com outro cara, não importava, mas que seu corpo reacendesse em mim a impressão do mesmo grau de paixão e o beijo pelo corpo todo, o seu dedão do pé na minha boca, a sua língua enfiada em meu ouvido, as gosmas misturadas no abraço, a quietude de depois, a quietude que me daria a certeza de que valera a pena essa espera prolongada por quem poderia sair a qualquer momento do banheiro.

Olhei o cabelo lustroso do intermediário e me senti resignado. Que essa figura custasse ainda mais a aparecer. Sim, eu estava em paz. Sentei na cama, a colcha me pareceu quente. Eu poderia tocá-la com humanidade. Outros antes de mim tinham tocado aquele tecido acetinado e debruado. O intermediário bateu mais duas vezes na porta. A figura que deveria sair por ali deveria estar se aprontando em frente ao espelho. Não fosse o barulho da descarga, poderia pensar que talvez o intermediário estivesse dramatizando um entreato entre a negociação entre nós dois, na portaria, e o momento em que ele mesmo entraria com seu próprio corpo para me satisfazer. Nesse entreato havia a criação de uma terceira pessoa que ele estava sabendo inventar para me conceder ainda mais cobiça carnal.

Olhei irrefletidamente para uma espécie de recesso, um microespaço que eu jamais suporia que aquele quarto pudesse conter, algo normalmente escondido na azáfama da vista, uma coisa que não vinha propriamente de fora mas de uma projeção de dentro, reconheço, algo como um refúgio do qual eu sempre estivera acostumado a usufruir, desde pequeno, algo como um intervalo onde eu podia ancorar o alheamento que me parecia às vezes redimir os meus tropeços. Foi assim que ignorei por alguns instantes a figura do intermediário e a tensão pela dúvida se irromperia mesmo da porta do banheiro alguém com qualificadas benesses sensuais. Ali eu apenas mirava essa lacuna que a mim proporcionava um esquecimento provisório — foi quando a porta se abria e assomava alguém que eu jamais poderia imaginar.

Saí do meu ponto intervalar vendo o corpo que surgia ainda embaçado, como se eu precisasse de um tempo para verificar o mundo às claras — aquele mundo realmente posto no lado de fora — agora já quase dominado pela minha percepção.

Pois a figura era simplesmente a de Bill. Bill Stevens, rememorei... Bill, simplesmente o mesmo que eu conhecera vinte e oito anos atrás, aquele mesmo que na época tinha seus 29 anos de idade... O que eu tinha então também. Mas ao invés de Bill trazer os sulcos do tempo feito a minha face, ele se rejuvenescera milagrosamente, mas não um rejuvenescimento sadio, de quem aprimora sua força vital com boa alimentação, exercícios físicos, falta de estresse... Seu corpo parecia ter dado pra trás e empacado em épocas anteriores àquela em que eu o conhecera. Ele, tão forte e belo há quase trinta anos, agora murchara, encolhera para uma adolescência enfermiça e na certa permanente. Era um fio de corpo, parecia muito fraco. Estava despido, parecia com frio.

Naquele momento não saberia dizer se ele me reconhecia. Eu o reconhecera porque guardava os traços daquele americano com quem tomara contato nas aulas de português que eu ministrara nos Estados Unidos. Um outro detalhe: mesmo que de forma enevoada, pois eu saía, bem aos poucos, de minha letargia repentina, eu vislumbrava a sua tatuagem de desde aquele tempo, a palavra *blue* desenhada em meio a arabescos sutilíssimos, entregues a um desmedido devaneio. Seu pentelho rareava agora muito, algo que aludia entre um início de puberdade e uma queda de pelos pélvicos por alguma enfermidade. Levantei-me e ouvi o recepcionista sair batendo a porta com alguma discrição.

Bill e eu nos abraçamos. Seu corpo se mostrava lívido como o de um animal tosquiado. Ele quase caiu com a força do impacto. Estreitei mais o abraço para protegê-lo da queda. Lembrei de seus pelos ralos no peito e notei que esses tinham se despegado da pele agora bem esbranquiçada. Afastei-me procurando não cair na tentação de beijá-lo, para não sentir a diferença de quando eu fora seu amante, havia exatos vinte e oito anos. Notei que de sua cabeça saía uma auréola escura que com certeza só aos olhos exigentes como os meus transparecia. Pelos poros ele exalava sombras que dificultavam minha aproximação. O contato com sua pele começava a ter um tom indecoroso para quem como eu vinha em busca de um franco enleio.

Sentei novamente na cama. À minha frente, na sua entreperna, havia uma sugestão imprecisa. O que eu poderia fazer, se a minha boca fosse a de um santo louco..., sugar seu ínfimo réptil minimamente inflado? Ele já teria sêmen?

Ele fazia menção de deitar quando me estendi e rolei para o lado colado à parede. Ele se inclinou e se jogou de bruços sobre a colcha creme, agora gelada. Eu daria a vida para me dar conta se de fato ele sabia com quem estava deitando. Afinal, eu envelhecera, nada dramaticamente, mas já era um outro homem que não aquele que o conhecera com seus 29 anos. Sendo assim, duvido que alguém com quem eu travara contato naquela época tivesse condições de me reconhecer à primeira vista.

Vim por trás dele e passei a mão por sua entreperna que de fato insinuava uma protuberância levemente aquecida enfim em meio ao corpo gélido. O que restara daquele homem firme tendente ao valentão quando bebia? Eu não poderia mais amá-lo como da outra vez, a não ser que confundisse amor com a compaixão que do meu coração parecia irromper naquele instante. Abracei-me a seu corpo ainda de bruços e me senti abraçado a uma matéria condenada ao estado púbere, cheirando a uma higiene incipiente, ainda sem a malícia dos perfumes grosseiros ou divinos.

Mas aquele encontro era um mistério e eu me sentia agradecido por viver nesse *continuum* de peripécias despidas de rota, apenas minha mão que ora pousava aqui ora acolá, sem nenhum rito erótico, sobre um corpo elíptico, reticente, aparentemente ocasional, meditei, ciente, sim, apenas de que me encontrava com um desconhecido enfim...

Com certeza o esbelto corpo de Bill de tempos atrás parecia refluir a seus primeiros anos, e isso me tornava desgostoso, a ponto de eu voltar a rolar para o canto da cama rente à parede.

Tapei os olhos com a mão e perguntei em surdina o que estava fazendo em Chicago com um corpo praticamente infantil a meu lado, de Bill, sim, quanto a isso naquele instante não tinha dúvidas. Um corpo já desnaturado, pelo jeito com seus primeiros pelos púberes, a bunda álgida certamente virgem e tudo... Um menino, outrora homem, de bruços ainda, querendo pelo andar da carruagem que eu o comesse. Apoiei meu cotovelo no colchão e mirei: tudo era preto e branco no quarto, de intermédio, vários tons de cinza, salvo a colcha creme, mas seu ânus como que aberto, uma flor inchada, era de um vermelho pronunciado — sim, a cor realçada em meio ao preto e branco, ao cinza e ao creme. Perguntei-me que necessidade ele tinha produzido na privada, se o mijo pelo pequeno pênis ou merda pelo cu inflamado, todo em vermelho... Rolei de novo para o meu canto da cama. E senti um bem-estar omisso, sem ímpeto de se tornar transparente.

A realidade me concedia uns favores, mas eu tinha o direito de recusá-los. Numa dessas haverá uma correspondência entre a oferta e o meu desejo — eu me apegava a essa crença. Na minha idade, enfim, esse era o método de alongar a vida, mesmo que a vida se tornasse insípida diante dessa perpétua postergação. Tal tática me deixava a pensar se eu não entrava em uma fase de sabedoria, mesmo que para isso eu precisasse ir engolindo cotidianas frustrações.

Peguei no sono... Só fui acordar com o rangido da porta do banheiro. Ele tinha entrado, fechado a porta... Fiquei em silêncio. Esperando que acionasse a descarga mais uma vez. Para que me fixei a essa expectativa? Não sei. A noite descera. Ali naquele quarto escuro eu não tinha nada melhor a fazer do que esperar que ele acionasse a descarga mais uma vez. Ou não... Parece pouco, mas não é. Enquanto esperava seus sinais eu ia sentindo alguma emoção, certo suspense, e era isso o mais premente: vivenciar as emoções, mesmo as mais rasteiras, para o meu coração não correr o risco de atrofiar.

Eu esperava sair da porta do banheiro novamente um ser com a idade pregressa. E essa idade, em vez de lhe conferir um raio de promessas, o remontava a uma espécie de decrepitude original.

Se ele puxaria ou não a descarga do vaso sanitário parecia a questão daquela noite. Levantei-me. Apresentava-me de roupa e tudo, até o casaco e o cachecol eu não tinha tirado. Bill saíra nu a primeira vez do banheiro. Não era provável que saísse do banheiro agora com roupa. A sua nudez parecia uma condição definitiva, a minha impressão era de que ele não fazia vida social, não andava pelas ruas e habitava uma espécie de UTI etérea, em algum lugar onde nem mesmo uma fantasia tresloucada ousava imaginar. Fui até a janela e avistei a cidade coberta de neve. Nevara durante as horas no quarto do Allegro. Chamei pelo seu nome, de forma sóbria, mas em volume suficiente para ele ouvir. Se não tivesse me reconhecido como seu amante de vinte e oito anos atrás, ele talvez estranhasse eu saber seu nome. Não faláramos nossos nomes. O certo é que ele não respondeu. Então, desmentindo meu relativo remanso daqueles dias, me aproximei da porta e bati. Bati discretamente, é fato. Mas eu não teria batido se o seu silêncio já não valesse por quase uma eternidade. Pois, assim, me precipitei e bati. Do outro lado da porta, nada.

Então a abri. No banheiro, ninguém. O banheiro não apresentava basculante, mas havia uma área recortada no teto, feito uma entrada para um alçapão. Subi na borda da banheira, forcei aquele pedaço, parecia trancado. Então olhei o fundo do vaso sanitário. Se não fosse através daquela entrada enigmática para um sótão, alguma coisa assim, Bill só poderia ter fugido por aquela privada. Enquanto eu dormia ele talvez tivesse encolhido ainda mais, talvez tivesse se transformado em verdadeiro feto — não era impossível ter mergulhado nos canais subterrâneos de Chicago, ter desistido da minha companhia e de todas as demais. Eu ia pensando essas coisas como se estivesse gravemente drogado, sentindo tudo o que eu excretava da mente. Enfiei a cabeça no vaso e apertei o botão da descarga. Meus cabelos e testa encharcados. Agora, sem as cataratas a rolar no sanitário eu vi a minha imagem no lago calmo do fundo. E saltei. Eu me despedia da renitente realidade na qual nos aferramos para sobreviver.

Então, sim, eu saltei.

Surpreendi-me porque as águas iam ficando azuis. E nelas eu mergulhava anfíbio até subir e me devolver ao ar. Uma piscina azul. O sol parecia em seu zênite. Tudo faiscava. No alto do prédio branco havia um letreiro: Hotel Satyricon. À esquerda havia outro prédio todo envidraçado refletindo as águas verdes do mar: Hotel Florida. Dentro da piscina crianças davam caldo umas nas outras. Falavam um inglês afogueado. Homens e mulheres sentados na borda confidenciavam em inglês quase inaudível. Subindo a escada para sair da água não tive dúvida: estava em algum lugar tipo Miami. E uma mulher de biquíni rosa sentada a uma mesa com guarda-sol, tomando por um canudinho um coquetel avermelhado, me sorriu e eu senti convicção: era a minha companhia. Era Elvira que eu reconhecia? Deu apenas para eu olhar meu corpo perolado d`água e constatar que me mostrava em forma e que eu ia...

Ela largou o copo sobre a mesa e me inclinei em sua direção e pronunciei no capricho uma palavra do inglês, lasciva. Escutei ao longe o canto febril de uma cigarra... Faminto, ouvi minha barriga roncar. Entre ela e um prato de salada com um bom azeite, um peixe, eu preferiria o prato, depois a sesta e o perigo de acordar no quarto do Bismarck ou do Allegro, tanto fazia, olhando da janela Chicago coberta de neve, eu com a mão aberta contra o vidro, sonhando estar num avião, rumando para outra cidade onde eu pudesse encontrar Bill exatos vinte e oito anos atrás, com seus 29 anos, por aí, acercando-se do meu corpo ainda jovem também, como aqui, com essa mulher, para quem digo agora ao ouvido uma palavra apaixonada, outra sublime, outra criteriosamente chula, agora só um sopro em seu ouvido, é Bill quem pede mais, é Bill, não ela, um sopro mais, me afasto, eu passo por um tubo, entro no avião, ah, eu me dirijo para Madison, já sobrevoo essa cidade que ainda não conheço, também coberta de neve como Chicago, também com um lago congelado, caminho pelo longo corredor do aeroporto, eu vejo o diretor da escola de línguas, eu penso no português que devo esquecer nos próximos instantes com o americano que será meu chefe por uns meses, nas aulas retomarei a minha língua, ensinarei aos meus alunos como se diz *winter* na lida lusa, *inverno* eles repetem, *inverno,* sorrio cheio de bonomia, é esse o meu papel, sorrir, avaliar as mil pronúncias, contar com os dedos as sílabas sonoras, escandir novos fonemas e sorrir, sorrir para os alunos que sorriem numa irrequieta entrega, assim...

2

Dou a minha hora na sala dos professores, espero que algum aluno venha e me solicite algum esclarecimento relativo ao português. Um dos meus alunos aparece na porta, pergunta se pode entrar para que eu lhe explique algum ponto pendente. Ele senta e pergunta alguma coisa concernente à questão dos gêneros gramaticais em minha língua, porque, ele fala em seu português menos que sofrível, em inglês não existe essa coisa do *o* ou do *a* para designar o masculino e o feminino. Acho que mato sua dúvida. Ele olha o vazio em frente, me conta que é mórmon, que havia ido para a Guerra do Iraque. Conta que fora escalado pela direção para me fazer companhia durante esse meu plantão professoral, porque ficar só, caso não aparecesse ninguém, poderia ser custoso para mim que estava chegando à escola de idiomas para ali ficar por quatro meses. Ele me pede licença para abrir sua marmita, seu almoço. Conta que não suportava aquela sopa, que desistiria de tomá-la. E, de fato, fechou a marmita e guardou-a na mochila. Era casado, tinha quatro filhos. Ia pelos seus 30 e poucos anos ou talvez mal chegando aos 40. Era mórmon e tinha lutado na Guerra do Iraque. Aliás, não lutado exatamente, pois seu posto era na administração do front, calculava as toneladas de comida para a tropa, coisas assim...

Num ponto da conversa percebi que ele estava querendo me ganhar, só não sabia com que finalidade. Ele já tinha morado no Brasil como missionário, no Rio de Janeiro. A partir de janeiro seria professor de português em West Point. É perto de Nova York, ele acrescentou. Está aí um bom lugar para eu morrer num futuro não tão longínquo, pensei com ironia. Morrer entre os cadetes que se preparavam para estágios no Afeganistão, Guantánamo, sei lá. Eu ganharia um bom salário entre os meus cadetes. Amanhã eles poderiam ter uma missão militar na América do Sul, no Brasil, quem sabe — se no Brasil, falariam o português que eu tinha ensinado e eu continuaria em West Point, viúvo da vida, ganhando o suficiente para os meus medianos consumos, perdendo a memória do orgulho brasileiro em ascensão, desmemoriado para o novo peso do país junto às nações. Só a língua portuguesa me daria um tópico de nacionalidade. Talvez me apaixonasse calado por algum cadete.

Mas o certo é que eu já estava me engraçando para o lado de Tom, sim, o mórmon que servira na Guerra do Iraque e que parecia querer me seduzir eu não sabia para quê.

Estávamos ali sozinhos na sala dos professores, com ele com certeza aspirando a treinar seu incipiente português comigo. Olhava fixo nos meus olhos. Eu, carne fraca desde sempre, me deixava levar no que diz respeito à entrega do meu próprio olhar. Correspondendo a seu assédio, ele talvez encenasse estar sofrendo de uma lesão moral, qualquer coisa com um apelo dessa ordem para derrubar um incauto das paixões como eu.

Imaginei-o relatando à esposa que detestara a sopa. Ou se a jogaria fora e não diria nada acerca do valor do alimento. Ele falou que queria ir ao Brasil assim que desse. Traduzi a confissão como uma tentativa de sondagem para saber se eu estaria com disposição de hospedá-lo em minha casa tropical. Olhei o relógio, percebi que eu já estava na sala dos professores havia uma hora.

Antes de me levantar e partir, comentei que ele então era mórmon. Desses comentários que fazemos para reverberar algum assunto não satisfatoriamente desenvolvido. Ele virou a cabeça para a cidade fria e agora ensolarada e disse que na verdade estava em crise com a religião. Há tantas coisas ruins no mundo, ele falou. E acrescentou: Não é possível que Deus não veja isso tudo. Depois de ter vivido uma guerra, a gente fica sem saber, ele disse num ríctus dramático.

Ele fazia o tipo *urso*. Era forte, até tendente ao gordo, e, pelos tufos que saíam da pequena abertura superior da camisa, prometia ser peludo. Talvez fizesse parte da confraria dos *ursos*, grupo cortejado pela comunidade gay. Mas ele não fazia parte da comunidade gay, ele voltaria para casa logo mais e esconderia da mulher o fato de ter detestado a sopa que ela preparava com tanta dedicação.

Durante as aulas ele sentava-se com as pernas esticadas, de modo que seu bolo genital se sobressaía na calça bastante apertada. Eu sabia ser uma oferenda a mim aquele saco e o bastão amassado debaixo do jeans. Claro, nessas ocasiões ele não me olhava com afinco, porque sabia que eu poderia extraviar minha atenção da aula deixando de lhe ensinar mais a respeito da língua portuguesa que ele não daria conta de aprender a contento até o início de suas aulas em West Point. O mórmon, ex-soldado na Guerra do Iraque, que um dia viu o corpo de um companheiro apodrecendo abraçado ao cadáver de um soldado iraquiano.

Ele nunca soube decifrar aquele abraço derradeiro. Custaram muito a arrancar o soldado americano dos braços do cadáver iraquiano. A rigidez dos corpos era severa e enquanto ele arrancava o soldado americano da fixidez do abraço ele pensou que jamais contaria a ninguém a força desse amplexo, mesmo que tentassem lhe tirar esse segredo debaixo de tortura. Confessou que contava, sim, pela primeira vez. Para mim. Perguntei-me se eu queria saber segredos do contingente do exército americano em guerra. Perguntei-me se isso não me comprometeria com Tom numa escala para mim intolerável. Perguntei-me, perguntei-me, e quando o olhei de novo percebi que estava a um passo da submissão completa a seus perversos encantos.

Ele é que se pronunciava abertamente encantado com a minha sensibilidade, como repetia a cada cinco minutos. Após cada frase minha mais enfática, ele pegava a caneta e anotava, afetando curiosidade pelo português da minha fala. Eu me fantasiava a transar com ele. Na fantasia vinham dois corpos embolados, e eu não sabia ao certo onde estavam as cabeças, os troncos, os pés, os sexos enlouquecidos a foder metidos em massas indecifráveis. Andava siderado de tesão por ele, às vezes precisava sentar para ninguém notar a minha excitação. Ele, ao sentar com as pernas esticadas, entremostrava uma ereção que só não emergia inteira porque estávamos em aula, não estávamos sós.

No meio da lascívia meio submersa eu reiterava a dúvida se isso não fazia parte de um plano para ele espionar em mim as virtudes e pecados de um brasileiro médio. Eles se infiltravam em relações pessoais com indivíduos de outros países, para levar a seus chefes a quanto andava a alma do mundo. Mas Tom talvez estivesse sentindo a mesma crueza do tesão que eu tinha por ele, e mandaria às favas o relatório em que daria conta da minha visão dos norte-americanos. Não era tanto afeição o que sentíamos um pelo outro, mas a mesma vassalagem carnal.

Depois de uma aula em que ensinei o mais que perfeito composto, ele me convidou a passear no domingo, iríamos até um lago nos arredores de Madison. E fomos.

Na estrada vi vários carros parados nos acostamentos. Pessoas em volta deles. Todos com vestimentas antigas. Havia o bobo da corte, soldados com elmos, damas de vestimentas castelãs. Fiquei pensando qual o sentido daquele carnaval fora de época. Tom contou que era uma edição da Renaissance Fair. Perguntei o que faziam, parados. Descansam da festa, ele respondeu. Era quase fim de tarde. Eu nunca ouvira falar desse evento. Passava por eles com certo sentimento ferino, olhava-os como observando tipos que se divertiam com quadros insuficientes para algum entretenimento convincente. Via-os como crianças que não sabiam brincar. Olhei para Tom e adivinhei que ele lia meus pensamentos. Os nostálgicos pelo Renascimento não pareciam ter imaginação para revivê-lo. Pensei que Tom iria me apresentar os hábitos do evento pacientemente, contar detalhes dessa tradição. Mas não, ele calou-se até o fim da viagem. No fundo eu torcia para não ser apresentado à Renaissance Fair. Preferia manter calado o meu preconceito, porque ali só me interessava mesmo o desfecho daquele passeio, se sairíamos dele com boa vontade ou rancor. Sentia-me temeroso de ultrapassar algum limite e assim atrapalhar as aulas de português de Tom, que logo estaria em West Point ensinando uma língua que se mostrava longe de dominar.

Ele entrou numa vereda. Parou o carro. Lá embaixo o lago. Ninguém. Tom contou que naquela época do ano poucos iam até ali. No verão, em compensação, muitos faziam piquenique nas margens, alguns pescavam. Mostrou-me as latas de lixo e disse que no período de calor todos ordeiramente deixavam sua sujeira nas latas. Aquela região mostrava-se sempre limpa. Ele falava como se sobre um fenômeno cultural que só dissesse respeito a seu país. A limpeza para a qual ele apontava constituía-se num atestado de lisura. Tom segurava um pacote.

Largou o embrulho na grama e começou a se despir. Ele tiritava. Aos poucos, porém, começou a aparentar certo conforto com a temperatura. Eu não me movi. Fingi que mirava o lago. Meu coração disparado. No entanto eu começava a me excitar. Passei a mão sobre o pau, como qualquer homem faz quando não quer dar evidências genitais.

Ele estava nu na minha frente, de costas para o lago. E, surpresa, o pau dele continuava em repouso. Aquilo me confundiu, sacudi ligeiramente a cabeça não querendo acreditar. Aonde ele pretendia chegar? Eu ali, com o pau quase completamente rijo, esperando ter uma foda de grunhir e tudo, e vem esse americano jogar um balde de água fria com esse caralho brocha. Ele de fato era um *urso*. Peludo, sim, pelos braços, pernas, peito, com certeza pelas costas, oferecendo gordura por igual pelo corpo todo, sem que apresentasse no físico qualquer indício de deformação, sim, gordura palatável, a barriga não mais volumosa que o resto. Só que o que mais contaria para um seu eventual parceiro às margens daquele lago estava encolhido dentro do prepúcio, não era muito, muito mais que um grelo.

Ele estava nu na minha frente à beira do lago e o meu pau também refluíra. Perguntei-me se aquilo fazia parte de um instante ritualístico e qual seria o próximo passo naquela cerimônia crepuscular. Aliás, Tom aguentava o frio porque era muito peludo. Perguntei-me o que ele acharia se eu também tirasse a roupa e me aproximasse dele a ponto de abraçá-lo, o pelo dele contra a minha pele lisa. Ele acusaria um equívoco talvez. Ou não, talvez deixasse que me aninhasse em seus braços para conhecer de perto o corpo de quem tinha trabalhado na administração da boia dos guerreiros. Cheguei a dar dois passos em frente. Mas nesse ínterim ele se inclinou e abriu o pacote. O que teria ali dentro? Uma arma branca ou de fogo? Fechei os olhos para postergar um pouco o conhecimento da coisa que sairia do pacote. O que sairia dali que ele precisasse acolher despido?

Abri os olhos. Ele me olhava sedento de alguma coisa que eu não me sentia em condições de abarcar. Olhava-me sedento e mostrava o pacote aberto: uma farda camuflada do exército americano. Certamente a farda que usara na Guerra do Iraque. Ele tinha me dito que trabalhara no abastecimento alimentar dos soldados porque estudara administração pública. Pensei que toda essa história poderia ser cascata para que eu não desconfiasse que ele tinha matado, e muito, no Iraque.

Seu olhar parava ou em mim ou na farda. Ajoelhara-se para abrir o pacote e assim ficara diante da farda aberta na relva. Então ele se levantou. E começou a vesti-la.

Eis aí, ele falou. Perguntei-me quantos ele tinha matado vestido com ela. Administração pública, resmunguei. Ele falou, o quê? Nada, respondi. E aí eu já não sabia se tentava voltar ao tesão ou se expressava estar ferido por algo que não parecia muito claro na minha cabeça. Ou se demonstrava uma indiferença absolutamente mentirosa, impossível de criar. Tom estava fantasiado com a farda do exército americano e eu não atinava como ele queria me afetar com aquilo. Ah, se desse para o tesão retornar, eu iria despi-lo botão por botão e então me aninharia entre seus braços e perderia a memória de tudo o que não fosse o seu corpo igual aos dos *ursos* que eu costumava admirar nas revistas gays e nos quais nunca tivera a chance de tocar. Eles pareciam de fato figuras acolhedoras, paternais, prontos para te aninhar num abraço prolongado, de uma noite inteira.

Eu não fodia havia muito tempo. E queria ainda ter pelo menos uma oportunidade antes de perder definitivamente o molejo. Foder é como tocar piano. Sem prática você esquece. Você troca os pés pelas mãos, enfia em buracos improváveis, goza antes de começar, diz palavras idiotas como *meu bem,* essas coisas. Queria me testar. Praticar calado, me lubrificar devagarinho no momento das insinuações, cuspir no pau se a lubrificação não desse para tanto, enfiar até fazer fissuras na mucosa e tal...

Tinha vontade de saber para onde Tom almejava me levar naquele rito, a noite descia... Ele decerto tinha calculado que nosso encontro à beira do lago gelado desembocasse na noite. Eu me perguntava sobre o que poderíamos fazer ali que fosse ideal que acontecesse à noite: uma luta, um crime, um intercurso ofensivo a um de nós ou aos dois ao mesmo tempo. Ele nesse instante me olhava, depois olhou para a sua farda camuflada como quem dissesse, era isso o que você pretendia, agora aproveite, sou todo teu, me agarre. Bill era o *urso* que eu contemplava nas revistas gays, não que os *ursos* fossem o meu grande objeto de desejo, os *ursos* davam pinta de maridões, esses que te esperam em casa com uma carne assada exemplar, de chinelos de dedo, esses que no fim de semana te acompanham no passeio com o teu afilhado, que compram um sorvete para o menino, embora eu não quisesse nada disso, eu queria ir ao encontro desse homem peludo por debaixo da farda, esquecer que ele pudesse até ser um criminoso de guerra e lançar meu sêmen ao encontro do seu e desse choque cairmos desfalecidos na relva entrevados de frio e que um aquecesse o outro com o calor dos corpos desatinados mas enfim, já lassos.

E que ao alvorecer eu dissesse algumas palavras em português e Tom respondesse na língua que deveria ensinar aos cadetes de West Point, essa, a minha, que ele precisava sugar de mim até o último instante em que ficássemos juntos — período prestes a acabar, sabíamos. Naquela hora eu tinha apenas um objetivo: sentir a temperatura de Tom. Se os dois permanecessem brochas, se fosse essa a sina não importava, sentiríamos um apogeu mental, seja lá o que isso signifique, quem sabe um clímax interno que ao fim só demandasse silêncio, por toda a noite, até que ao alvorecer eu lhe dissesse duas, três palavras em português, pois parecia ser essa a minha missão ali, dar-lhe em poucos dias uma densidade na língua portuguesa tal que ele ganhasse longa estabilidade no emprego da academia militar, pois ele tinha quatro filhos, mulher, o escambau. Seu emprego em West Point agora dependia de mim.

Estava eu a dois palmos dele e ele continuava a alternar sua mirada entre mim e a farda camuflada... mas nada jamais aconteceu.

Voltamos para Madison em silêncio.

Em Madison pedi a Tom que me deixasse num bar do centro. Queria tomar uma cerveja. Ele me acompanhou. O cara não bebia. Era mórmon ou teria sido ou queria voltar a ser, sei lá. Ele já me parecia pura simulação. E eu já tinha posto meu desejo por ele pra escanteio. Já? Sei que sentei e ele veio atrás e sentou na minha frente. Eu era responsável pela estabilidade de seu emprego em West Point. Deveria conversar muito com ele, o tempo todo se possível, para que, exercendo meu português, ele pudesse se adensar na língua em poucos dias. Eu já não tinha escolha. Através da sedução ele me condenara a esse papel. E dele eu não tinha intenção de fugir. Em troca eu ganharia intimidade com um soldado americano que servira na Guerra do Iraque, experiência que jamais teria fora daquela oportunidade. O que ganharia com isso? Quem sabe a confissão de que ele assassinara tantos civis. Eu não precisaria mais pesquisar sobre o assunto. Ouviria o segredo de seu próprio bafo. Eu seria uma nova testemunha da História. E receberia o assunto secreto de um homem igual a mim. Um homem que eu desejara ou desejava ainda, que eu podia apalpar se ele deixasse. Teria o inimigo no meu regaço. E poderia escrever o meu primeiro romance esculpindo a sua figura que naquele bar eu voltava, sim, a desejar inteira.

Cinco rapazes sentaram-se à mesa ao lado falando brasileiro. Pensei: vamos alargar o ensino de minha língua-mãe trazendo esses caras para o convívio. Multiplicaríamos as possibilidades de aprendizagem. E beberíamos cerveja e brindaríamos. Só o missionário mórmon ficaria apegado ao seu copo de água mineral, aprendendo gramática sem sentir com seis professores bêbados.

Quem eram os cinco? Um grupo de soldados do exército brasileiro fazendo um estágio numa das maiores indústrias de motos do mundo com sede naquela cidade. Eles se preparavam para ser batedores, aqueles que guardam em suas flamantes motos as comitivas de autoridades – precedendo, ladeando, ou seguindo os carros oficiais.

Ali bebiam cerveja desbragadamente e eu também. Só Tom com sua água tentando tontamente se entrosar. Já parecia ter ficado para trás. Não entendia aquele enxame de bobagens e gírias e cantorias que eram desferidas para o ar cheirando a cerveja choca.

Tom recomeçava a me agradar de fato. Mesmo me divertindo muito, eu às vezes fitava-o, e ele a mim, é bom que se diga, e me imaginava casado com ele, chegando em casa e tentando consolá-lo com jeito por ele ter ficado um pouco de fora da farra. A vida dos casais não era feita um pouco dessas coisas? Eu queria ser um homem comum, mesmo que, naquele capítulo, veado. Ao chegar em casa, depois de uma noite social como aquela, havia sempre uma pequena ferida a fechar, às vezes mínima, que podia ser sarada provisoriamente com um contato de pele, uma trepada, um beijo que não era dado havia anos, um sonho comentado na manhã seguinte...

Tom se levantou. Sorriu. Deu a mão a cada um dos batedores. E por fim para mim. Senti um leve ciúme dos rapazes do exército brasileiro, por serem todos jovens, destros numa moto, não como eu, reles professor de português, sem saber andar sequer de bicicleta. Às gargalhadas a palavra *irmão* tinha sido várias vezes proferida alto e bom som por um dos embriagados convivas, ele parecia clamar por alguém que não estava entre nós mas no Brasil, todos gargalhavam em festa pela existência desse *irmão* distante, eu gargalhava e ao mesmo tempo sentia um calafrio por essa misteriosa figura que no Brasil ficara, só Tom com sua água mineral com gás olhava a coisa com certa relutância, embora desse para notar que guardava uma euforia que poderia ser desaguada em casa abrindo com os dedos uma senda entre os pentelhos da esposa, ali onde ele iria se desafogar, quem sabe desistir no meio do caminho, e talvez adormecer dentro da mulher. Talvez eu lhe viesse à mente nesse instante e o cara não soubesse o que fazer de mim.

Tom inclinou-se e disse bem perto que precisava ir para estudar seu português.

Saímos os seis, eu e os cinco jovens batedores, e, bêbados, começamos a escorregar na neve a todo momento. Está nevando bem antes do tempo, ouvi de um passante a tagarelar com alguém. Mas para mim a coisa era mais intrigante: as épocas do ano pareciam se confundir, sofrer alguns erros de continuidade, qual num filme louco. Um dos batedores, Rogério, caiu de bunda e não conseguia levantar-se tal a embriaguez. Peguei sua mão e disse vem, vem sem medo, vem, não mordo, vou apenas te ajudar, coloca o braço sobre o meu ombro, vem. Ele veio e ficamos frente a frente e o abracei e toda a turma aplaudiu e um só vaiou. Rogério parecia aturdido, talvez fosse o seu primeiro porre naquela intensidade, era novinho, talvez eu pudesse levá-lo para trás de uma árvore, talvez pudesse abusar dele, ele não tinha condições de reagir, olhava apenas com seus olhos opacos e tanto fazia quem sabe o que eu pudesse fazer dele, os jovens batedores não atinariam com nada, embriagados como estavam só poderiam aplaudir como idiotas, urrar, vaiar, o que fosse.

Sentia-me o mais forte ali. Um profissional do álcool. Eles deveriam ser garotos pobres do Brasil, ou pelo menos pertencentes à classe média baixa, certamente aquela seria a primeira viagem deles ao exterior, estavam fortemente impactados ao descobrirem na pele que nem tudo no mundo tinha o ar ensolarado do Brasil, quente, sim, na maior parte do país, sentiam-se todos atordoados, e arrastei Rogério até atrás de uma árvore, e antes de ele viver ladeando de moto carrões de autoridades pensei beijar os seus lábios carnudos, tirar os atrasados, e ele certamente não teria outra vez na vida algo assim que lhe trouxesse tanta lubricidade e nojo emaranhados com uma confusão mental dos diabos. Esse beijo seria como um batismo para ele entrar de vez na vida adulta e esse rito de passagem não teria sangue mas revolveria seus órgãos até o ponto em que ele desmaiasse como agora e batesse com a cabeça na raiz sobressalente da árvore e dele saísse sangue, sim, mais sangue do que o seu corpo poderia suportar, pensei alarmado, e todos os outros vieram para perto. Então me ajoelhei, virei o corpo de barriga para cima, da cabeça escorria o tal fio de sangue a manchar a neve. De joelhos me abaixei. Encostei meus lábios sequiosos nos dele e fiz respiração boca a boca, mesmo que o rapaz não precisasse dela.

Seus olhos se abriram. Ele vinha à tona e os jovens batedores cercaram o corpo... e um a um me agradeceu... A ferida perto da fronte eu lambi. Provei o gosto ainda quente do seu organismo. E o engoli sem medo.

Os quatro agora caminhavam trôpegos pelas imediações, segurando-se por intervalos em troncos e postes para não caírem mais. Eu ajudava Rogério a se levantar. Tive certeza de que ele não incorporara o meu boca a boca, que para ele eu me constituía em uma presença que poderia ser a de todo mundo ou a de ninguém. Eu poderia me prevalecer dessa situação e levar mais uma vez meus lábios a seus lábios, mas dessa vez sem sinal de emergência. Eu poderia aproveitar que ali estavam todos inconscientes de seus papéis cotidianos e levar a minha língua para dentro da boca de Rogério e com ela encontrar a sua e estreitá-lo num abraço que não consegui dar no corpo peludo de Tom

Eu precisava aproveitar antes que os jovens batedores voltassem à sobriedade. Eu poderia, naquele conjunto de cinco, ir ao encontro dos corpos e espumar de desejo. Eles não se dariam conta de qual era o significado daquele ardor todo. Eu poderia apenas querer brincar, levar tombos na neve como eles e levar tudo na folia. Rogério parecia são e salvo, só nos restava uivar para a lua e esquecer que estávamos num país estrangeiro poderoso fingindo nos encontrar em nosso próprio quintal. Eu fora o que tinha bebido menos. Tinha as rédeas deles nas mãos. Foi quando deitei na neve com um braço esticado para o lado, a cabeça deitada sobre ele e, desistindo da cena, adormeci.

Quando acordei, os jovens batedores não estavam mais. Quase de bruços, eu babava na neve. A poucos palmos, o sangue de Rogério cristalizado no gelo. Um carro da polícia tinha parado perto. A luz vermelha no topo do carro girava e me fazia piscar com ritmo. O que eu ia dizer?

3

Na escala forçada na Cidade do México nos disseram que o avião sofrera uma pane. A companhia aérea pagaria um pernoite aos passageiros. Guardei a mala no aeroporto. Deixei a valise no hotel. Era o fim da manhã. Pedi ao taxista que me levasse ao Museu Trotski. O museu não tinha viva alma. Só um homem. Ele aguava as plantas do jardim. As copas das árvores, altas e cerradas. Fazia sol. Mas o pátio se apresentava sombrio. Visitei os aposentos da casa de Trotski. Só uma coisa de fato me impressionou. Uma foto dele naquele pátio jogando milho às galinhas. O bolor do resto, banheiro, escritório, cozinha, avivou minha rinite e eu precisei sair e me sentar no jardim, ao lado de onde jaziam as cinzas do homem e de sua mulher. O empregado do museu continuava a molhar as plantas com uma mangueira. Sentei perto das cinzas. Poderia no intervalo entre um voo e outro ter ido visitar outro museu. Vim, pelo que me contaram, ao menos espetacular. É que, mesmo sem calor, eu dera para suar na Cidade do México, e preferi então conhecer o museu de um homem que viera do frio. Precisava de recolhimento durante aquelas horas, esquecer a história de Bill, de Tom. E de fato fora um acerto eu optar por aquela ambiência álgida do Museu Trotski. Imaginava que lá dentro eu teria um tempo de meditação. Só não sabia que teria um período tão propício para isso. O jardineiro às vezes soltava uns olhares de curiosidade para mim. Perguntei-me se ele conhecia o suficiente a história do homem a quem aquele espaço era dedicado para poder fantasiar que eu seria um russo doido a querer resgatar as cinzas do marido e da mulher célebres para levá-las à Rússia.

Nesse momento entrou no jardim uma adolescente. Ela sentou-se a meu lado. Perguntei-me se tinha intenções de tagarelar comigo. Esfriei. Ali eu queria ser um monge. Diante daquela profusão de plantas apenas para contemplar. Era bonita de doer. Cabelos lisos, morena, olhos negros. Mais não saberia dizer. O que verifiquei de sua aparência foi de relance, para não dar margem a que ela puxasse assunto com um homem maduro como eu, quase à beira da velhice. Eu não merecia ter encontrado um ambiente de retiro depois de tanto tempo para vê-lo surrupiado por uma adolescente inoportuna.

Apostei comigo que era derivada de uma mistura entre astecas e espanhóis. O que ela vinha fazer ali? Não podia acreditar que assim tão novinha pudesse ter interesse pela figura histórica de quem aquele museu guardava os restos. Eu olhava para meus pés para poder tirar deles alguma mansidão. Para mim os meus pés eram sinônimos de pequenos empregados do meu corpo. Eles me conduziam muito porque eu era um caminhante inveterado, mais do que talvez a minha idade permitisse. Constituíam-se nas galés do meu organismo. Eram abnegados, sim, e só às vezes os sentia doloridos. Portanto olhei para eles tentando dissolver qualquer irritação por aquela proximidade imposta pela menina. Ficaria ali, não me levantaria, pacificado por meus sapatos já precisando de uma meia-sola.

Meu nome é Mira, ela falou. E o seu?, perguntou num espanhol apressado. Misteriosamente, em vez de me acabrunhar, abri um semissorriso e falei o meu. Aquela garota podia ser minha filha temporã. Eu, um homem sem filhos, ganharia uma filha já adolescente. Foi isso que sustentou o meu repentino bom humor. Eu era um cidadão de quem a qualquer instante podia brotar uma sensação beatífica como essa, assim, sem mais. O senhor está sozinho?, ela indagou. Por algumas horas estou. Notei minha falta com a verdade. Pois eu era um homem dado à perene solidão. Mas disso eu não queria me queixar, não. Apenas tinha pudor de retratar esse estado a conhecidos e desconhecidos. Tinha medo de que alguém se mobilizasse para acabar com o meu isolamento sabe-se lá com que convivas. Mas o certo é que andava louco para enfim me cercar de duas, três pessoas, ou nem tanto assim, que se interessassem pelo que eu comera no almoço, por exemplo, e uma pelo menos que estivesse disposta a dormir comigo, nem digo que trocasse comigo seus fluidos, mas que indagasse como fora o meu sono, que confessasse que ouvira meu ronco só ao amanhecer, e que eu por meu turno confessasse quem sabe o quanto seu sono era macio, apenas um ressonar suave, uma ou outra palavra em escapada de algum sonho...

Aquela súbita garota a meu lado no Museu Trotski era minha filha, eu já decidira, e pela primeira vez olhei-a com vagar e ela como uma aparição mirava-me decidida, bela, convicta, até baixar a cabeça e ir ao encontro de suas mãos de dedos cheios de anéis. Qual seria o meu próximo passo? Eu dependia dela para dar encaminhamento às coisas. Mira era seu nome, Mira daria o norte a um homem que já vivera várias décadas mais que ela. Eu me considerava um velho submisso à sua beleza um tanto angelical de um lado, de outro lado não saberia o que dizer, queria evitar minhas velozes impressões. Eu seria doravante mais lento do que nunca, daí vinha a minha contribuição. Que eu deixasse a velocidade com ela, que era jovem, a vida pela frente. Seu vestido gritava a cor vermelha, notei com certo atraso, para não tirar daquele viço conclusões precipitadas. Como minha filha, eu deveria vê-la de uma ótica em recesso, qual num lar, e se eu a tocasse seria como quem alisa o lençol para dormir dali a alguns minutos. Senti que eu envelhecia demasiadamente em face da garota, que isso talvez não se devesse a alguma ação sua mas à minha vontade mesmo, um homem que se despedia do vigor antes da hora.

Ela disse conhecer muito bem o museu. Era filha do jardineiro. O homem enrolava a mangueira e me olhou meio enviesado. Era índio. Não sei se aprovava ou não as intimidades da filha com um visitante. A mãe deve ser de origem espanhola, pensei. Mas não, a mãe nascera na Itália, Mira me contou mostrando-me uma casamata, onde ficava naquele tempo a postos o segurança armado de

Trotski. Perguntei-me o quanto ela sabia da história do homem. Tive vontade de que servisse de guia para mim. Para testá-la como recurso extravagante a desvendar os passos do velho no espaço de sua morada mexicana.

Ela pegou minha mão e foi me levando. Seu pai sumira como que por encanto. Pelo jeito o museu continuava vazio. Havia uma pequena casa no fim do pátio. Ela abriu a porta. Pediu que eu entrasse. Falei: Aonde vamos? Entre!, repetiu três vezes. Abri as mãos contra o rosto e pensei qualquer coisa para não ter de pensar para onde aquela menina estava me levando. Eu já tinha visto cheio de rinite tudo o que o museu guardava para ser visto. O que mais eu poderia ver de Trotski? Aquele aposento ilhado no fundo do pátio era o refúgio do revolucionário? Ela cravou suas unhas nas palmas de minhas mãos e eu não tive alternativa. Os filhos insistiam tanto, deixavam os pais exauridos, a fazer tudo o que eles ordenassem.

Entrei.

Havia um cheiro grosso de suor. Para não dizer de algo como peixe estragado. Respirações sôfregas. Ela acendeu um abajur. A luz ficava na cabeceira de um catre onde um velho parecia que acordava de um longo sono. Um segundo abajur foi aceso. À cabeceira de um outro catre, sobre o qual um segundo velho também despertava de um poço aparentemente profundo. Quis de cara perguntar o que eles significavam ali. Não falei, tamanha a gravidade do ambiente. Mira sorria. Disse serem seus filhos. Estavam crescendo, e ela se considerava responsável pelo crescimento deles. Pensei se ela queria fazer o mesmo comigo, me deixar definhando ali enquanto me cobriria de favores. De cara eu percebera tudo. Mira já se despira. Seus seios sumiram de tão mínimos dentro de minhas mãos mal e mal espalmadas. Os velhos tateavam o ar, sequiosos dela. Ela chega perto de mim e diz que não dá trégua. Comigo eles postergam mais e mais a morte. Dormem, porque precisam se preparar continuamente para um usufruto às vezes desmedido para a idade. Dou-lhes três refeições. Em certas ocasiões confundem a comida com os laços carnais e pedem, sugam do meu corpo em meio a golfadas de vômito, não importa. São homens abandonados, eu me encarrego de administrar seu mundo exterior, seus abandonados movimentos bancários, tudo, eles entregam a força que lhes resta aqui. Até hoje nenhum se queixou. Não querem outra vida, sofrem, sim, são velhos. Mas vivem a existência final que pediram a Deus: comem, bebem, fazem amor à sua maneira e dormem, sabendo que esse anjo aqui os guarda. Mira acercou-se de um deles, sentou-se na cabeceira, e o sujeito de movimentos fracos veio e mamou no peito a bem dizer masculino da garota. Não se passou muito ela afastou o homem e vi que estava excitada: o bico do seio se mostrava ereto, não maior do que aquele de um rapaz que tem seu mamilo sugado com algum anseio extraordinário.

De repente me senti irado. Eu não era nem de longe tão velho quanto aqueles dois — aliás, eu não me considerava um cara velho. Aquele hospital dos prazeres derradeiros não era definitivamente para mim. Será que a imagem que eu passava a uma adolescente poderia parecer a de um ancião? Olhei as minhas mãos sob a luz parca e vi que elas não apresentavam manchas senis nem nada. Então, por quê? Se houvesse algum espelho por ali, mesmo que naquela quase escuridão, eu iria a esse instrumento e vasculharia o meu rosto para constatar de uma vez por todas a quanto andavam minhas feições.

Mas eu não tinha outra maneira de provar à menina o seu engano e puxei-a de um golpe para mim. Os velhos gemiam num misto de desaprovação e estropiada lascívia. Foi quando vi a porta de um mísero banheiro aberta e a arrastei até o fétido lugar. Ela vinha aos puxões e em silêncio. Notei que a minha violência meio que planejada não lhe inspirava grandes objeções, ela simplesmente aceitava meus puxões e vinha, sem emitir nenhuma lamúria. Fechei a porta.

O cheiro originava-se da merda entalada. Acendi a luz, puxei a descarga e nada. Sentei na louça fria do vaso sem tampa, puxei-a para meu colo, abri a braguilha e quis meter por onde só senti as espetadas de pelos raspados. Ela reagiu, disse que era virgem ainda. Minha mão estancou, não quis investigar mais. Pensei em descabaçá-la mas me veio a imagem de que ela era minha filha, filha, mesmo que eu não a quisesse na época de seu nascimento. Foi esse o pensamento que me surgiu: ela nascera sem que eu, o pai, demonstrasse nenhuma simpatia por sua chegada — eu, homem sem filhos, me via agora evitando tocar na região dos pelos raspados, evitando com isso gerar meu próprio neto. Via-me no hospital anos atrás com o bebê que já tinha como nome Mira no colo — mas execrando a sua existência, e tudo isso quase me consumia, se eu não estivesse nesse instante com o pau em riste aspirando vagamente a meter na bocetinha que se dizia virgem e que eu não ousava tocar. Então enchi o dedo de cuspe e fui tentando meter pelo menos o cabeção no cu da menina e aí ela deixou, vem, vem, ela dizia, e deu certo, enterrei meu caralho no seu ânus e nisso ela ia sentindo que eu não era um homem abatido pelos anos porcaria nenhuma, e quando excretei o meu sumo ela gritou e os velhos no aposento ao lado gemiam que gemiam até sossegarem comigo, sussurrando o nome dela: Mira, Mira, mi amor, mi vida... Em pouco tempo roncavam.

Ela levantou com os cabelos suados pela cara. Vi que minha glande apresentava placas de merda. Lavei o pau na torneira da pia. Ao me olhar no espelho, notei que ela me olhava atrás de mim. Olhei-a pelo espelho com dureza, com os olhos do homem que em algum lugar da minha cabeça se alojara para me socorrer em momentos que exigiam a expressão de minha virilidade como aquele. Que a testosterona ali falasse através do meu olhar quase de cão. Quando me virei vi que ela limpava o traseiro com papel higiênico. Deu para perceber que o papel ia ensanguentado para a cesta. O vestido rasgara no peito. Verifiquei direito que ela praticamente não possuía seios, só uns tênues inchumes. Sim, os mamilos excitados de um rapazinho. O certo é que ela não me aprisionaria como os outros. Eu ainda contaria com uns anos para gozar fora dali. Deixei vinte dólares em sua mão. Depois fechei-a eu mesmo e a apertei suavemente encerrando a cena.

Abri a porta sem olhar para trás. Um galo cantava. Um esboço de luz numa réstia do horizonte carregado da Cidade do México. Alvorecia. Precisava correr para o aeroporto. Faltava pouco para o avião decolar para o Brasil. O jardineiro do museu passava um pano úmido na laje sobre as cinzas de Trotski e sua companheira. Não me olhou quando passei. A porta do museu, trancada. Voltei para pedir a chave ao jardineiro. Ele acompanhou-me até a porta para a rua e me abriu. Ao agradecer coloquei bastante cuspe acho que espumoso para a borda do meu lábio, entortei os olhos e fiz que vivia um lampejo de transe, uma pequena convulsão. Um táxi providencial passava. Chamei. Ele parou. Sentei atrás. No caminho para o aeroporto minha cabeça caiu várias vezes de exaustão. Passei no hotel para pegar a valise.

Corria pelo aeroporto atrás do balcão da companhia aérea. Peguei um novo cartão de embarque. Entrei no avião com uma profusão de coisas na cabeça. Bill, Tom, Mira, o que me sobrara de tudo aquilo? Eu tinha conseguido em minha vida uma certa tranquilidade e nada deveria me abalar.

4

Saí para a rua brasileira depois de doze horas de sono no meu apartamento. Fui até uma banca de revista, comprei o jornal, entrei em um café, pedi meu espresso. No som ambiente, Erik Satie. Não encontrei ninguém, como me acontecia no Brasil. À tarde fui ao cinema. Vi *Um conto chinês*. À noite me apresentei na Escola de Idiomas onde dava aulas de português para estrangeiros. Estava à minha espera um rapaz italiano que viera morar no país. Falei que eu o serviria como ao filho que eu não tinha. Ele não sorriu como eu imaginava. Parece que levou a sério. Eu disse meu nome. Ele o seu, Frederico.

Duas horas depois estávamos jantando na minha casa. Eu preparara um carreteiro. Um arroz bem úmido, gostoso. Ele não conhecia o prato. Foi até a estante com os livros e abriu um por acaso. Era uma antologia de Murilo

Mendes. Folheou, difícil o português ele disse num italiano compassado. Prometi que em três meses ele estaria lendo aqueles poemas com alguma produtividade. Ele tinha ligado para a irmã vir buscá-lo. Tocaram a campainha. Ela. Entra, murmurei. Ela veio e beijou o irmão sem nem ao menos me cumprimentar. Os dois entraram numa conversação em francês, da qual preferi escapar pensando detidamente na língua inglesa, em Bill, Tom, Mira ou Miro, sei lá. Depois soube o porquê do francês, Frederico me contou minutos antes de sair: os dois tinham sido criados em Estrasburgo — o pai, na época, diplomata. A menina beijou a face de Frederico e acabou arrebatando o rapaz de mim.

Será que me acostumaria novamente ao anticlímax do Brasil? No entanto, esse anticlímax era do que eu precisava para viver sem sobressaltos um dia após o outro. Já tinha uns anos nas costas, e eu resolvera dar um prosseguimento regular à minha vida. Não é que tivesse algum motivo premente de apego à calmaria. Mas o medo de potencializar a minha conturbação interna sempre pronta a se expandir me avassalava nas insônias, pelas madrugadas... Saía então da cama, voltava a abrir o jornal do dia, entrava na internet para verificar se o mundo continuava doendo ou tudo era apenas um reflexo do meu desmazelo mental.

Foi nessa madrugada que, ao abrir uma gaveta do armário, surpreendi uma aliança de ouro. Que noiva ou noivo misterioso teria depositado nas entranhas do meu apartamento um signo de afeto permanente?

5

Na manhã seguinte corri a uma joalheria para estimar o valor da joia. Para mim, valia, pois, um bom dinheiro. Algum deus me recompensava por eu puxar o freio da minha vida visando a alongá-la? Aquele armário fora instalado havia mais ou menos seis meses. Lembrei-me do homem que o tinha feito. Era um ótimo carpinteiro da rua dos Pomares.

Você não sentiu falta de nada depois de me entregar o armário?, perguntei. Em suas modestas instalações o carpinteiro falou que não. Não?, insisti. Ele disse não, não. Olhei a serragem no chão, olhei os móveis sendo construídos, olhei seu semblante de homem sólido, trabalhador. De repente arrisquei: Vem jantar comigo hoje à noite. Traz a tua mulher...

Por que o convite? Eu precisava sair da aridez no que concerne às relações. Qualquer oportunidade para isso não devia ser desperdiçada. E eu gostava de cozinhar.

Preparei uma carne assada com arroz à grega. Amanda, a mulher, parecia perdida em seus pensamentos. Eu trazia a aliança no meu bolso.

Então lhes contei o que acontecera. Abri uma gaveta para procurar uma cueca e dei de cara com uma aliança de ouro que jamais tive. Tirei a joia do bolso e a enfiei no anular. Ela cabia com absoluta justeza no meu dedo. Os dois fizeram exclamações de praxe. Amanda convidou-me a ir à casa deles. Levantei-me de aliança e os segui. Antes deixei a carteira com dinheiro e documentos dentro de uma gaveta. Precisava acompanhá-los com os bolsos vazios, como se eu fosse logo ali com os dois, no cômodo contíguo, sob o mesmíssimo teto. Não só eu, mas as pessoas em geral estavam morrendo de solidão. E pouco adiantava se formassem um casal. Assim como os convidei para o meu apartamento, agora o mesmo gênero de convite partia deles. Quase corríamos os três pelas ruas desertas.

Entramos pela carpintaria, eles moravam atrás dela. Onde, para os meus pensamentos diários, era a parte inicial do descampado do Outeiro. Em pleno verão fazia frio na cidade, de modo que Roberto vestia um belo casaco de couro e Amanda uma capa longa, até os pés, encimada por um capuz que ela deixava na cabeça. De início não me surpreendi com suas vestimentas. O frio de fato existia, tanto que eu também estava agasalhado: e mais, o fato de estarem com roupas a princípio caras para mim era detalhe a passar batido, porque ali eu atinava apenas para as suas companhias, libertas do jugo do cotidiano, sei lá.

O que me deixou de boca aberta foram os ricos aposentos da casa. Sim, era uma casa de classe média alta, estado muito acima da expectativa de quem entrasse nela pela modesta serraria. Detalhes como a lareira cujo fogo ardia mansamente com um crepitar de quando em quando quase surdo. A primeira conclusão a que cheguei foi esta: a carpintaria funcionava como fachada. A casa de luxo, a bem dizer uma mansão, fora construída às escondidas. Era invisível aos passantes. Não deveria haver *habite-se*, nem muito menos declaração de bens no Imposto de Renda. Mas seria só por isso? Achei pouco provável. Eu precisaria decifrar os mistérios até o fim da noite. Eles me levavam pelos faustosos cômodos, pela cozinha gigantesca, cinco ou seis quartos, lavanderia...

Subitamente me abriram a porta da cozinha. Avistei por uma outra porta aberta uma floresta. De onde saía com certeza a madeira com a qual ele fabricava os móveis. De fato, havia um depósito de toras logo à esquerda. Entramos pela floresta. Amanda com o capuz na cabeça. Roberto e seu belo casaco de couro. Eu, no meu raso agasalho, tremia um pouco de frio e também porque pisava num terreno inédito, avulso mesmo, solto de qualquer expectativa prévia. Passamos por uma clareira com tocos de árvores calcinados. Uma queimada?, pensei em perguntar. Mas havia alguma dúvida?

Pronto, eu já não tinha do que me queixar. Pois isso que se aparentava a um equívoco noturno poderia representar para mim uma mudança de vida. Eu estava me relacionando com pessoas de dinheiro grosso. Poderia deixar de trabalhar para servi-los.

O que poderia me acontecer de melhor? Eu, que vinha atrás de um carpinteiro e de sua dama, poderia agora viver de uma plutocracia. Poderia enfrentar a escrita do meu romance e escolhê-los como mecenas. Escreveria duas páginas para lhes mostrar. Eles me abririam a carteira, extasiados. Extasiados com um enredo que eu mal conseguira elaborar de fato. Uns cachorros muito pequeninos latiam a meus pés. Havia algumas araucárias no pedaço. O canto da coruja renitente.

Aquela floresta ficava no que eu previa como o descampado do Outeiro. Até ali, eu já tinha convicção, ninguém percebera a troca de geografias num bairro de classe média, não muito afastado do centro da cidade. Pensei se não era possível que aquela floresta se estendesse além da percepção rotineira. Quem sabe ela se estendesse apenas no pensamento de quem se mostrasse apto a se aventurar por ali sob o clarão da lua cheia. Tudo se dissolvia para uma espécie de afastada dimensão: estava aí o palacete onde moravam numa riqueza assustadoramente irreal, pelo menos na apreensão miúda de meu cotidiano. Perguntei abraçado a uma árvore se o marido era só o marido ou era ele e a mulher ao mesmo tempo. Tamanha era a solidão de cada um que já queria vê-los enturmados até a medula. E eu logo acessaria também a essa união e nela me alojaria. Não era por nada que eu fora convidado à inesperada mansão: me queriam junto e eu também era só no que pensava: fazer parte do casal até poder ser o filho que não tinham. Por que não poderia ser eu o pai de um deles ou dos dois? Estava bêbado com o vinho que tomáramos no jantar no meu apartamento?

De repente comecei a correr enviesando minha rota por entre as árvores que em certos pedaços pareciam replantio da pesada. Eram demasiadamente regulares, uma aqui outra na frente outra do lado outra atrás. O casal vinha ao meu encalço em correria. Virei-me e vi a capa com capuz da mulher esvoaçar e cair sobre um toco calcinado. O carpinteiro vinha depressa tirando o casaco de couro e o jogando sobre um trecho imaculado da relva. Naquele bosque, a mistura entre o frescor e a degeneração davam um tom plausível à hora.

Tamanha a solidão que nós três poderíamos passar a viver juntos na mansão.

Eu abandonaria o emprego de professor de português. Não me furtaria a dar aulas da língua-mãe aos dois. Pegaríamos os sonetos de Camões, a mais alta potência estética da língua portuguesa, e eles beberiam comigo do mesmo tinto embriagador.

As nossas noites se dariam assim: ao pé das oliveiras que o bosque certamente guardava para os três.

Ele se escondia atrás da função de carpinteiro ou marceneiro ou o que seja como o são José, pai de Jesus — mas tinha a me oferecer os melhores vinhos e ela as mais suntuosas joias em seus braços, dedos, orelhas, colo, para que eu beijasse nelas a riqueza que sempre idealizei em sonhos e jamais soube conquistar, eu, um modesto professor de português que em troca leria em voz alta ao pé da lareira Ricardo Reis ou *Invenção de Orfeu* ou quem sabe *Amor,* de Clarice, e eles por sua vez me presenteariam com alguns CDs de Noel e mais os beijos que eu daria nos lábios dos dois, carnudos ambos, exemplares como em uma sequência em cores em CinemaScope, ambos imensos, bem próximos, a me chamar de amor essa palavra estonteante aqui no ouvido, dita em surdina, em fim de noite, enquanto na floresta ao fundo canta o bem-te-vi anunciando a manhã que nos banha o sono sobre a mesma cama...

Acordei entre os dois. Levanto-me pé ante pé. Procuro minha roupa pela casa toda. Vou ao imenso jardim: até onde posso investigar, nada. E a aliança, cadê? Pego o robe do carpinteiro sobre uma cadeira da cozinha e o visto. Fora um robe ou outro vestido rapidamente em algum quarto de hotel mais sofisticado, é o primeiro roupão que visto por estrita necessidade, para tapar de fato minha nudez. Saio com ele pelas ruas do meu bairro. Estou cagando para o que algum vizinho possa achar de eu andar pela rua de roupão. Não cumprimento mesmo os vizinhos, salvo figuras como o carpinteiro e sua mulher, pessoas com quem mantenho relações de fundo utilitário e que dão funcionamento a meu dia a dia. Enquanto caminho de robe sem roupa por baixo pelas ruas do meu bairro sinto-me um chefe tribal, com o direito de andar com minhas vestes especiais em meio à mesmice da rotina.

É triste viver entre os asseclas dos costumes. A vontade que tenho é a de abrir o roupão e mostrar meu corpo que à noite conheceu prazeres que eu não pude reter na memória em razão da saturação alcoólica. Ou foram contatos insípidos ou quem sabe flageladores? Não sei o que fiz na cama com os dois. Se deixei que o carpinteiro me enrabasse enquanto sua mulher lambia meu pescoço e as costas dele alternadamente. Se penetrei a mulher do carpinteiro a ponto de perder a sensibilidade do membro envolto que estaria pela mesma lacuna que me consome particularmente nas tardes de solidão na cama, onde rolo no entanto com a mente em bolhas — embora, sim, sim, com a vibração do pau já diminuída pela idade. Se penetrei a mulher do carpinteiro pela frente ou pelo ânus, eu não sei. Se esqueci de sentir prazer também na realidade não sei, agora sei que gozei com tal brutalidade que foi um soco na minha inconsciência e que acordei, pedi alívio ao carpinteiro que então me deu um beijo na minha boca aberta e quase sempre furibunda e que acordei de novo já em outro entendimento, para dormir mais uma vez, tristonho.

Saio pelas ruas de roupão e o povaréu do quarteirão me olha atônito, a mim que normalmente faço tudo para passar despercebido, pois me visto com discrição, não troco cumprimentos a não ser como falei com os pequenos comerciantes, tipo dono da lavanderia, boteco, minimercado etc. Saio pelas ruas de roupão e penso de fato em abri-lo para mostrar meu corpo branco que não sabe o que viveu ou deixou de viver nas últimas horas, queira Deus em contato com a beleza carnal que me perturba desde a minha infância no colégio marista entre corpos na fase púbere como o meu. Um dia me pegaram cheirando o cu de um colega no banheiro do colégio. Até hoje não entendi de onde vinha o gozo especialíssimo naquele contato com as vísceras humanas. Claro, fui duplamente estigmatizado: por gostar também de garoto e dos miasmas anais. O colega mudou de escola.

Corri pelo recreio e bati a cabeça três vezes no muro. Vi que saía sangue da minha testa e pensei em tudo que pudesse me tirar daquela vergonha enquanto me aplaudiam por tirar sangue de mim. Escutei até um olé. De vergonha em vergonha eu ia viver a minha vida. Escondido na província, dando aulas de português para os gringos que trabalhavam em duas multinacionais da região. Antes que seja tarde demais eu preciso instalar em mim velocidade, meditei reforçando o nó do robe. Não para fugir de nada. Mas para tentar encontrar o que só com urgência se desvelaria. Como o quê? Não sei, não enche o saco!, tartamudei.

Pensando nisso cheguei ao prédio onde morava. Sentado no degrau da portaria estava Frederico, o garoto italiano que estudaria português comigo. Com cara de velório.

Ele se levantou. Perguntei o que tinha acontecido. Sua irmã o tinha expulsado do apartamento onde viviam. Indaguei-me se era irmã mesmo. Fosse o que fosse eu abria a porta da minha moradia. Parecia óbvio que Frederico tinha vindo para pedir guarida.

Puxei-o para dentro do meu apartamento. Bati a porta por trás, com o pé. Abri o robe e enlacei o garoto contra o meu corpo nu. Agasalhei-o com os dois lados do roupão branco, atoalhado. Frederico era mais alto que eu, de modo que o sentido filial que eu intentava lhe dar parecia aparentemente comprometido. Minha cabeça ficava no seu pescoço. Eu estava levemente excitado mas pensava num tropel de coisas para que de mim não saísse nenhuma imposição libidinal, pensava no caso entre ele e a suposta irmã que se desfazia agora, talvez provisoriamente, e para que regiões aquele abraço súbito nos levaria, a mim e a ele, e me perguntei que risco eu correria se realmente me submetesse novamente a quebrar minha solidão deixando passar para mim a pele quente de um rapaz. O sentimento de risco talvez fosse tudo do que eu precisava para me desviar um pouco da meta incansável da sanidade. Meu pau que não esmorecia nem se deixava arder dava entre as pernas dele vestidas por uma calça areia quem sabe de grife italiana. Um brim bastante encorpado. Afastei-me. Notei que o tecido se apresentava meio lambuzado dos fluidos do meu pinto. O desenrolar e as consequências daquele abraço representariam o primeiro verdadeiro risco que eu corria em alguns anos. Esse pressentimento me provocou um calafrio. E o garoto, desmentindo na coreografia o seu papel de estar sendo acolhido por mim, aninhou-me no peito e fez mais, peidou, como se dono da casa, e, mesmo que o peido tivesse lhe escapado à revelia, ele era no instante o pai, geralmente a figura familiar com mais desfaçatez para soltar gases pela casa.

Aninhou-me no peito e eu achei ridículo e me desfiz do abraço. Com uma certa distância, vi mais claramente que ele era de fato o mais alto da dupla, se dupla aqueles dois formassem. Olhando-o por inteiro bobamente já não me sentia avulso: se eu quisesse ter o seu suor à disposição de minhas lambidas eu avançaria alguns passos e acreditaria estar superando a solidão e nessa superação viajaríamos os dois por mares e matas, rolaríamos por folhas secas a nos misturar com o barro...

6

Ao contrário, me afastei dele um pouco mais. E como que pesei a distância entre nós dois. Vi que, mesmo no caso de uma noite de farra presumível, não teria força imediata para vencer de fato essa distância.

E eu sabia: se aspirasse a manter o rapaz nos meus domínios, eu precisaria arranjar, sim, uma viagem mais longa com ele. Ele não permaneceria preso a mim no espaço do meu dia a dia. E no meu estreito cotidiano não cabia mais ninguém. Embora eu soubesse, na minha luta pela serenidade, que não poderia sair a viajar sempre que quisesse dilatar o arco da experiência. Mas eu já não sabia ali diante do garoto, já não sabia se ainda conseguiria disciplina para o meu regime de pacificação — indicado, de resto, para a maturidade que eu precisava completar.

No fundo eu almejava: ser expelido do cotidiano por minha própria natureza, independente de qualquer outro personagem. Viver cada dia como se o último, o apogeu insano, com o prêmio de ter os lábios do garoto ao meu alcance, os dois vencedores sobre a faina diária, alimentando nosso enfisema ou coisa do gênero com ainda mais fumaça, já totalmente desandados... Perguntava-me de que sofrimento vinha tanto desatino, perguntava-me sôfrego o que pensava Frederico ou se sua cabeça arcava apenas com um pensamento a bem dizer imberbe, composto de uma concordância desqualificada para o beijo ou para o afastamento.

Era sábado, fomos a um show de acrobacia no velho mercado da cidade. Em meio a bancas que vendiam uvas, morangos, ameixas, nozes, um homem se equilibrava pisando nos pés do outro que deitado erguia as pernas na vertical e dava um sustento vigoroso ao companheiro. Horas depois de ter conhecido Frederico já o imaginava confiante ao lado do meu corpo. Sem acrobacias nem nada, ele deveria acreditar no suposto equilíbrio de minha idade e, em troca, eu contaria com a pujança de sua juventude. Eu me enfezava com qualquer coisa que, na minha cabeça, prometesse desmontar a minha solidão. Naquela manhã, a junção com o casal com quem passara a noite já não me parecia duradoura. Nem ao menos tinha convicção de que os veria de novo fora dos encontros banais das vizinhanças diurnas. Mesmo que lhes oferecesse uma quarta presença, a do viçoso garoto.

Pela principal rua do centro da cidade nos vimos de repente no meio de uma passeata. De início não atinamos qual o significado daquela caminhada. Aos poucos fomos descobrindo tratar-se de reivindicações de funcionários do município. Para nós não importava tanto o pleito em si, mas o fato de estarmos protegidos bem no núcleo da passeata. Tínhamos, por momentos, companheiros — fictícios que fossem — a gritar palavras de ordem, palavras que mimetizávamos por nossas bocas famintas de fraternidade, mesmo que ali não houvesse praticamente nada para nos representar. Frederico repetia os slogans, memorizando o seu português.

Eu me lembrava das tensas manifestações de minha juventude contra a ditadura militar, enquanto observava a inconsequência juvenil do italiano. Sim, eu notava, ele agora simplesmente repetia as palavras de ordem como mais um instrumento de aprendizagem do português. Durante essa andança ele comentou: pretendia ser escritor, fazer um romance inspirado na sua experiência brasileira, e daí a necessidade de conhecer a língua portuguesa muito bem. No momento, para ele, todos os contatos tinham essa finalidade. Principalmente na relação comigo, concluí calado.

De uma hora para outra não estou mais sozinho. A meu lado tenho Frederico, dependente de mim para tudo, depois que a irmã o expulsou de casa. De agora em diante ele dependerá da minha acolhida, do meu abrigo, da minha sorte. E é apenas a segunda vez que o vejo.

Várias coisas me passavam pela cabeça. Muitas. Tantas que eu precisei apoiar a mão direita no ombro de Frederico. Falei que isso às vezes me acontecia. Um médico me disse que são os primeiros sinais da labirintite. Falei me sentindo ridículo, pois não deveria expressar sintoma de nenhuma enfermidade: diante do garoto eu deveria ser o pai com algum apelo carnal — pronto, deveria ser por aí a minha imagem em face de Frederico, aquele jovem italiano que eu conhecera horas atrás e agora, calado, exigia de mim uma aventura a partir do zero, como se eu possuísse instrumentos necessários para isso, sei lá, grana, disponibilidade de tempo absoluta ou então nada, as mãos vazias, como essa daqui, a da minha esquerda que quase toca sua face mas recua. Eis o amigo talvez em pele de cordeiro, a mostrar na abertura superior da camisa uma tatuagem preenchendo o peito, uma mulher que saía de uma rosa a poucos metros de uma casa de anões, cuja residência se fazia dentro de uma botina cheia de janelinhas, a porta no calcanhar do calçado. Na altura dos cadarços, os quartos em águas-furtadas, mais acima a chaminé... Eu via tudo sem praticamente ver um terço das figuras tatuadas, tantas eram: o certo é que quase todas as ideias e as imagens que eu já pudera ter do mundo me assomavam instantâneas e simultaneamente. Precisei me ajoelhar, não que eu passasse por uma crise mística, essas coisas que assolam os espíritos fracos e os fazem ajoelhar diante do torpor divino — ajoelhei porque não quis cair de bunda no chão como um velho cansado diante do garoto a esperar de mim a força viva da sobrevivência material e moral, ajoelhei simplesmente, ajoelhei e foi o jeito que encontrei para descansar com alguma altivez.

Eu sabia estar vivendo um momento de virada. Para o garoto me seguir eu precisaria negar o que experimentara até ali, ser outro. Para ser outro eu teria de renegar aquela quadra da minha vida quando eu aspirava ao equilíbrio, sei que ilusório para uma pessoa acostumada a não se confidenciar, a não se arregimentar ao tal plano socializado que para mim não sobrevinha nunca, salvo nas horas formais dadas ao ensino do português.

Eu sabia estar vivendo um momento de virada, sim. Para o garoto me seguir eu tinha urgência de me abrir ao mundo para lhe oferecer atrativos, pois o que havia em minha interioridade era ralo, inóspito, insalubre mesmo. Do contrário, até onde um jovem cheio de beleza e insaciedade aceitaria me acompanhar?

Frederico estava de pé a meu lado. Sim, ele estava ali, e assim. Mas eu tinha perdido a capacidade de viver coisa por coisa, sozinho ou com alguém. Não sabia mais apenas constatar a sua presença próxima. Meu ritmo mental se fazia em voragem. De um golpe eu concebia o passado, como se ele estivesse ainda por fazer. E eu me ressentia por não ter como provocar meu futuro por livre escolha. Entre um e outro eu era reticências, desse impasse era feito o meu presente.

Eu estou prensado, pensei, e para me libertar desse supremo desconforto eu precisava projetar um gesto. Qual deles seria, se havia tantos represados? Frederico estava à minha mercê, eu imaginava — sendo assim, seria fácil eu levar a minha mão até sua orelha. Senti uma nova vertigem para não testemunhar o recuo do gesto.

Acordei com espanto. Deitado a meu lado numa cama de casal, Frederico ressonava. Hóspedes de um hotel? O garoto mostrava a marca de um chupão no pescoço. Teria sido eu que não me lembrava de contato carnal nenhum? Bateram na porta. Atendi de cueca. Era a dona da pousada. Falou que até o meio-dia faltaria água para que se fizesse um conserto. Olhei meu pulso, dez e meia. Ela espreitou com disfarces o corpo do garoto na cama. Ele ainda dormia. As coisas práticas ficarão por minha conta, pensei. Eu, que esperava escrever logo o meu tão adiado primeiro romance, teria que gerir o cotidiano dele. Em que cilada me meti, meditei.

Agradeci-lhe o aviso e fechei a porta. O garoto estava nu. Parecia feito para ser contemplado. Foquei apenas sua região pubiana, excluí da minha mira o resto, cabeça, peito, braços, pernas: sim, era um homem como eu. Se o meu pai me visse sabe-se lá de onde, morreria de vergonha de seu filho. Não pude deixar de sorrir. Perguntei-me se o rapaz não fingia o sono para poder ser admirado com mais folga por mim. Uma porta que dava para uma varanda, semiaberta. A fricção da minha testosterona contra a dele parecia ter dado ao ambiente um cheiro exacerbado de macho, mesmo que a minha cota hormonal já devesse ser bem menor que a dele. Fui à varanda. A pousada era constituída por chalés. Lá embaixo um rio passava grafite. O fundo deveria ser rochoso e não de barro.

Agora sentia o cheiro de terra, bem menos saturado do que aquele a infestar o quarto. Quando entrei o rapaz não estava mais na cama. Nem no quarto. Nem no banheiro. Eu precisava renunciar à hipótese de que ele já se situava sob o meu domínio. Se sumisse talvez fosse o melhor. Que eu voltasse à minha solidão sem me abater. Nela tinha as minhas referências todas ordenadas, eu a abastecia com algumas obsessões, como o pensamento sobre o que eu perderia se viesse a morrer nas próximas horas.

7

Desci a encosta em direção ao rio. Veio-me à cabeça a minha imagem como a do personagem de um filme em meio à natureza, captado por uma câmera em sobrevoo. Essa figura solitária caminhava em direção ao rio não por um motivo imediato — como seria o do encontro do refrigério das águas ou o de simplesmente explorar o ambiente —, mas o de encontrar a razão de sua estada naquela paisagem. Frederico tinha sido ou não a isca para esse personagem estar recebendo o manso sopro de um vento? E se o garoto não fosse reencontrado, isso seria o bastante para eu tentar voltar ao meu apartamento, às minhas aulas de português, a tudo aquilo que eu não sabia se estava próximo ou distante daquela natureza onde agora molhava os pés nas margens de uma fria correnteza? E seria possível o retorno às minhas referências diárias? Ou aquele remanso entre ramos balouçantes passaria a ser a minha prisão?

Escutei um burburinho ao longe. Vinha na certa da curva do rio, à esquerda. Cinco ou seis pessoas olhavam para alguma coisa na relva. Fui me aproximando e aos poucos fui identificando um corpo. Pálido, com um corte no rosto, muito perto da boca, Frederico. Só de sunga. Enfiei a mão no bolso da calça. Lá dentro ela se fechou com força. Um gesto, pensei, para me ilhar das circunstâncias me dando tempo de pensar no que fazer: eu revelaria reconhecer o corpo, que eu ainda nem sabia se estava vivo ou morto, ou, ao contrário, mostraria algum espanto por presenciar o incidente, lastimaria vagamente pela sorte de um estranho, exatamente como se faz em ambientes públicos pela desgraça de um desconhecido? Eu poderia fazer o que se não fosse nada disso? Coçar a cabeça e sair andando sem dizer palavra?

Preferi recuar um pouco a observar melhor os partícipes em volta do corpo. Eles existiam, era preciso que eu os levasse de fato em consideração. Eu não sabia o que fazer diante daquele corpo ali, inerme. Não era o corpo de Frederico que tinha me acontecido na pujança de sua juventude para eu continuar me entregando radicalmente à sua aparição, esquecendo a minha rotina, as minhas aulas, os custos da vida. Ah, exclamei em surdina, agora talvez seja tarde demais. Mas não, retruquei calado, que eu me mantenha entregue à sua aparição e possa me transformar em seu arrimo, até que, raspando a minha conta bancária, eu possa me alienar do reino da necessidade e quase à morte quem sabe eu me veja livre de qualquer laço, enfim, e ele se disperse à procura de outra companhia.

Percebi o movimento no diafragma de Frederico. Ele respirava, estava vivo. De um relance me inclinei, peguei-o nos braços. Deitei sua cabeça no meu ombro. É meu sobrinho, falei. E saí. Os que ficaram começaram a reclamar do meu gesto abrupto. Não virei a cabeça para trás única vez. Andava sem demonstrar certa dificuldade com o peso do rapaz. Subi a encosta mas não reencontrei a pousada. Peguei o rumo de uma estrada pelo acostamento. Até encontrar o banco de uma parada de ônibus. Sento-o ali com cuidado. Fico ao lado, para que ele apoie a cabeça cambaleante no meu ombro. De vez em quando um ou outro carro passa chispando rente à parada. Estremeço-me. E aperto sua cabeça para que resista. Ele não mostra reação. Dorme, ou quem sabe em coma.

E acordo de manhã. Sinto porque vejo o sol brotando do horizonte. O cheiro dos corpos sem banho confere uma intimidade a dois a que eu já não tinha acesso normalmente. Dou três fungadas no pescoço úmido do rapaz, região que me lembra o regaço de um filho que por ter se despojado inteiro até da consciência é o mais disponível dos dois para consolar.

A parada de ônibus se mostrava vazia. Eu não sabia se Frederico se encontrava mal, nas últimas até, ou apenas em exaustão por ter compartilhado o mesmo absurdamente acelerado programa que eu. Veio-me a ideia de que eu não devia exagerar no tom prestimoso para com ele. Se ele se tornasse um fardo eu estaria matando a possibilidade de sua presença mitigar de fato a minha solidão. Tinha sido por isso que eu viera com ele até ali: para me misturar um pouco ao suor a vazar daquele corpo agora em disfunção, com a cabeça no meu ombro — cabeça que eu deveria soltar, para que ele não se visse na iminência de aceitar o meu papel roubado do seu pai que talvez nem existisse.

Levantei-me. Dobrei seu corpo no meu ombro. Achei que assim seria mais fácil carregar seu peso. Os pés ficaram na altura do meu ventre. Sua cabeça dava nas minhas costas. Na altura do meu ombro eu sentia seu sexo no qual eu não lembrava se já tinha tocado ou não. A forma de seu pau na região da minha clavícula me transmitia uma tenra sensualidade. Eu procurava amortecê-la com vistas a tratar de sua enfermidade que poderia ser grave ou passageira. Eu o abandonaria a um pronto-socorro ou a um hospital de tratamentos mais prolongados, ou o deixaria à mercê de minhas mãos curativas, se é que eu possuía tal encantamento manual? Onde me encontrava que não podia amar a quem nada me dava?

Andei alguns quilômetros. Já era noite... O pau dele no meu ombro ia endurecendo, o que me fazia chegar à conclusão de que Frederico não se sentia tão mal assim. Pensei que isso às vezes poderia acontecer: o desvio temporário da sanidade ser tomado por um sentimento inelutável de prazer. Assim, em contato com o cuidador, o doente pode manifestar um escape inconsciente da libido. E o seu acompanhante nota e se pergunta até onde pode ir para não se tornar um abusador dessa pulsão subterrânea do outro.

Andei mais alguns quilômetros. Noite... Aquele garoto que eu carregava no ombro poderia, por ofício da idade, estar vivendo uma polução noturna, visto que dormia, mesmo que um sono mais profundo que o normal. E depois, seu sexo experimentava uma fricção com a minha omoplata. Era uma noite de verão, não nos esqueçamos, e não tinha vento, de modo que o meu suor se misturava ao dele mais do que nunca. Me saía da cabeça um arpejo barroco. Dessas coisas maníacas das quais os solitários sofrem. Talvez eu estivesse precisando disso: deitar o corpo já meio fedido de Frederico na relva à beira do rio. Nós não tínhamos tomado banho àquele dia. Então me banharia no rio, depois lavaria o corpo do garoto, averiguaria se ele defecara, pois estava com aquele cheiro. Então colocaria em atuação o meu caráter melômano e rememoraria a seco, sem expelir nenhum som cantarolante ou de assobio — por mais calado que fosse, rememoraria um *andante* de uma certa sonata para flauta de Bach.

A margem do rio descrevia a metade de uma lua que em minha cabeça era cheia, enorme — reanimando meus neurônios. Deitei Frederico na areia grossa e o despi vagarosamente sob o amanteigado do luar. O território se apresentava deserto. Cheirei seu corpo, e o odor mais ingrato tinha passado. Fui às águas em várias viagens para trazer as mãos molhadas e passá-las pelo corpo doente do rapaz. Não economizei esfregadas por suas partes, pois são as que mais se ressentem com um dia de verão sem banho. Seu pau se manteve em repouso. Perguntei-me se Frederico não estava morrendo sob o meu inocente patrocínio.

Tirei minha roupa. Eu, sim, estava meio excitado. Então, antes de me banhar no rio, deitei-me sobre Frederico e o abracei com energia. As minhas viagens pelos Estados Unidos e México eram coisas do passado. Ao contrário desse período, eu agora contava com um corpo que realmente fazia *pendant* com o meu, um corpo entregue ao meu abraço (pelo tempo que os olhos de curiosos me permitissem). Talvez eu não tivesse futuro algum com a pele jovem do garoto. Mas ele ainda respirava. Havia essa promessa... Eu ignorava tudo sobre a iminência de sua morte ou a possibilidade de sua salvação corporal. Não sabia se eu já tinha estado com a nudez de Frederico ou não. Tinha acordado com ele na mesma cama, mas isso não me esclarecia nada, eu não tinha a lembrança das horas anteriores. A mancha de chupão no seu pescoço reaparecia sob a luz álgida da lua.

Então entrei no rio. Fiquei com as águas na altura do peito. E me masturbei. A água tornou-se opaca em volta de mim.

Em vez do tom prateado do rio, translúcido, espelho lunar, era como se o meu sêmen reverberasse um matiz metálico, escuro, incongruente com a placidez do entorno. Os peixes já deveriam ter morrido ali no meu espectro, a vida não medrava, tamanha a carga de rancor de um esperma que acostumado a evitar o calor alheio escoava-se plúmbeo pelas águas...

Agora eu contemplava o rosto belo de Frederico e pensava qual o próximo passo que deveria dar para continuar a tê-lo por perto. Naquele momento era a única coisa que realmente me interessava. Não que tivesse caído de amores por ele, o meu sentimento não se constituía exatamente nisso, mas é que sem ele me sentiria em perigo. De onde teria vindo aquele corte em sua face? Se não me sentisse ridículo eu o lamberia com o intuito de apressar a cicatriz. Aproximei a boca e verti lentamente a saliva em direção ao talho.

Sentei o rapaz. Concentrei-me numa força e coloquei-o de novo sobre o meu ombro. Dessa vez escolhi jogar sua parte de cima para a frente do meu corpo. Sua cabeça batia na minha barriga e eu pensava que isso seria apenas por mais um tempo, até que eu decidisse o que fazer com ele. Se bem que eu não conseguia imaginar nenhuma solução que não fosse a de carregá-lo para sempre, por períodos tresnoitados, dias esfaimados, calor, inércia perambulosa, pendor para o abandono.

Andei alguns quilômetros com o garoto no ombro. Meu lado esquerdo começava a doer. O trajeto seria o meu Calvário talvez. Já era madrugada. Eu carregava um atlas no meu ombro, e era difícil acreditar que aquele universo de ossos, músculos, cartilagens, vísceras poderia estar de passagem para um estado de paralisia e desintegração. Sentia seu bafo titubeante contra os pelos ralos de minha barriga. Era impossível acreditar que eu o carregava não sabia para onde nem até quando. Se eu soubesse em que cidade estava e se ela era a minha, se eu lembrasse o meu endereço, poderia depositá-lo na minha cama e tratá-lo como a um filho ou a um amante ou a um estranho que tivesse gerado em mim uma compaixão que só a proximidade da velhice revelasse. Pois eu era melhor hoje do que fora tempos atrás quando tinha ainda toda a disposição do mundo. Agora, um bocadinho alquebrado, quem sabe não muito longe do fim, eu sabia melhor o quanto valia a fragilidade alheia para que a minha se visse provisoriamente ultrapassada. Se o que doía no outro fosse tratado por mim a minha ferida se esquecia de si e eu me revigorava.

Andei alguns quilômetros com o garoto babando na minha camisa. O meu ombro já estava dormente. Ajoelhei-me com cuidado. Depositei Frederico sobre o gramado de um canteiro. Uma mulher me perguntou o que acontecia com ele. Vieram alguns curiosos. Falei que isso acontecia de vez em quando com o garoto. Não dava para alarmar. Logo, logo passaria. Um homem com uma expressão contrariada com as minhas palavras lerdas pegou o celular e chamou uma ambulância do Samu. Percebi que as circunstâncias tinham me vencido mais uma vez. Eu, que queria fugir delas para ir atrás de um estado improvável em que eu fosse dominado pela inconsequência, eu estava ali tendo de esperar o Samu que nos levaria para um pronto-socorro. Levantei-me, notei que eu apresentava uma pequena ereção. Rapidamente passei a mão pelo púbis temendo que alguém percebesse. Que sentido faria para a plebe aquela protuberância genital em meio à apreensão por um enfermo emergencial? Olhei para o alto querendo me abstrair daquele abafamento. Vi uma placa contendo a palavra *Lami*. Achei que essa palavra me fosse familiar, mas logo me desfiz da ideia porque eu já era quase uma ave tendo como cenário apenas a imensidão do céu, libertada da curiosidade malsã dali de baixo.

Erguendo ainda mais o olhar avistei um amanhecer. A noite tinha passado. Duas nuvens rosadas refletiam a alvorada. Uma garça planava baixo e eu procurava não ouvir o burburinho dos curiosos em volta. Reparei que a mulher que me perguntara sobre o estado de Frederico levava uma meia dúzia de pãezinhos para o café da manhã. Tive vontade de assaltá-la, mas a minha fome me entorpecia um pouco, ajudava-me a insistir na minha abençoada alienação. Verifiquei que o garoto respirava a espaços curtos. Vi o veículo do Samu abrir caminho entre os curiosos. O ritual do socorro a Frederico estava a se desatar. Seria tarde demais para me meter num canto com ele como seu enfermeiro particular.

Lami, ouvi essa palavra no recôndito de mim. Ela ressoava na minha audição interna, mas não me dava pistas para eu poder ter acesso a seu sentido. Quando eu a ouvira? Tão logo subi na traseira do veículo do Samu, para ficar ao lado de Frederico, mirei por sobre as cabeças dos curiosos para ver se eu identificava aquele ponto de uma cidade que até então não sabia reconhecer. Não havia prédios altos, de modo que deu para ver apenas algumas copas de árvores, o céu límpido da manhã, e as cabeças de alguns desconhecidos que nos cercavam, que dariam tudo para nos acompanhar para onde quer que fôssemos. O socorrista colocava o aparelho de oxigênio nas feições de Frederico e eu preferi ficar em silêncio. Podia ter pedido que fizessem tudo para salvá-lo ou podia simplesmente ter afetado despreocupação, com palavras tipo *isso vai passar, ele é forte,* coisas assim, para tentar trivializar o caso cuja dimensão eu ainda não estava em condições de supor. Alguém poderia me perguntar: Mas você não percebeu que ele estava inconsciente? Eu responderia que sim, mas ao mesmo tempo acreditava que sozinho poderia lhe restituir a lucidez.

Descemos num pátio onde o sol não batia, um pátio de um prédio escuro, de onde exalava um cheiro forte de desinfetante. Levaram de maca o corpo desvalido de Frederico. Disse que sabia que agentes do hospital me pediriam alguns dados de sua identidade e tirei a carteira com os documentos do fundo de seu bolso. Tão no fundo se encontrava que no caminho tateei sem querer o seu pau, empapado de urina com certeza. Se sua libido genital não se encontrava mais ali, talvez para sempre, para outro lugar poderia se transferir, quem sabe reciclada em um garoto em fase pré-púbere, de supetão? Puxei a carteira, encontrei os documentos de um tal de Frederico Drago e, surpreso, dei de cara com um RG brasileiro. Era natural de Porto Alegre.

Sua maca sumiu por uma porta. Um segurança colocou o braço no meu peito me impedindo de passar. Uma moça de branco pediu que eu a seguisse até um balcão. Ela queria que eu desse alguns dados do paciente. Frederico Drago, recitei baixinho, 23 anos, natural de Porto Alegre, acrescentei, sabendo que o local de nascimento era um dado inútil. Dei meu telefone, meu endereço como sendo dele. O que ele é do senhor?, a figura perguntou. Sobrinho, respondi, filho do meu irmão mais velho. Ao dizer isso me veio um profundo amor por esse irmão que eu não tinha. Supreendi-me com o desejo de orar por esse irmão inexistente, eu, um sem-fé, para que ele recebesse a notícia de seu filho com resignação. E qual a notícia que esse mano inexistente teria sobre o filho?

Que ele sobrevivera lépido da séria crise de saúde, que ele sobrevivera mas com sequelas, ou se morrera enfim logo depois de sua chegada ao pronto-socorro? Qual dessas opções eu escolheria para pegar do celular e avisar o meu irmão mais velho? Nessa altura o sentimento fraterno já se avultava mais nos meus miolos do que se ele de fato existisse. Cheguei a lhe sorrir em um só canto dos lábios, um esgar inerente ao insalubre corredor do que deveria ser pelo jeito um hospital de pronto-socorro. Ouvi dentro de mim aves irrequietas, feito tivessem presenciado uma chacina contra aqueles que as alimentavam com graúdas migalhas. Batiam as asas, se entrechocavam, berravam, se contorciam, estertoravam. E com o final dos berros das aves verifiquei enfim que eu estava prestes a receber uma notícia que, fosse qual fosse, me pediria uma lucidez que eu não estava acostumado a arregimentar.

Então me pus a andar pelo seboso corredor do hospital a ouvir gemidos, confabulações entre médicos e parentes e amigos dos pacientes emergenciais, até entrar por uma sala vazia, vazia a ponto talvez de passar por uma reforma. Abri uma janela por onde vi o que tinha de ver: tratava-se da avenida Osvaldo Aranha, cidade de Porto Alegre, cidade onde eu morava e a qual tinha perdido desde a retirada empreendida com Frederico durante horas, dias, não sabia, quem sabe meses, retirada para fugir das circunstâncias para ter o rapaz matando pouco a pouco a minha solidão. E qual era minha condição no momento? Mais só do que nunca, reconhecendo novamente Porto Alegre, sabendo enfim como voltar para casa, mais só do que nunca, repeti, tendo apenas como obrigação acolher o destino do garoto, fosse qual fosse. Alguma coisa me dizia que eu voltaria para casa sem o rapaz e que retomaria o meu apartamento e nele me sentaria na poltrona da sala para pensar no que fazer: se retornaria ao curso de português e de vez ao meu velho lar e à minha rotina ou se eu continuaria aderindo ao vizinho carpinteiro e sua mulher ou, ao contrário, se passaria a lhes negar cumprimento na rua, apagando em mim tudo aquilo de noites atrás, quando feito iscas tinham me levado a uma louca sucessão de fatos noturnos na cama do casal.

8

Entre mim e aquele cenário da Osvaldo Aranha havia como uma mucosa transparente doendo se eu tocasse. Não era possível vislumbrar aquele cenário com isenção. Uma menininha filha de mendigos acampados ali embaixo me olhou com uma expressão indefinida, eu parecia lhe causar uma estranha atração. A garotinha usava batom, uma saia comprida de mulher adulta nos ombros, qual um manto fazendo uma cauda, e um sutiã sobre um enorme bustiê rasgado. Recuei. Fechei a janela para evitar o ruído exacerbado do trânsito. Tão logo fechei a janela ouvi uma cantoria só de vozes femininas. Atrás de mim, na sala outrora vazia, tinha uma maca rodeada de velhotas. Elas cantavam certamente um hino religioso, ainda pude ouvir submergindo em uma instância que não estava nem em Porto Alegre nem em parte alguma. Eu via que poderia ser novamente alçado do porto a que havia poucos segundos tinha retornado para me encantar com aquele canto vagaroso de vozes femininas. Ouvia um hino religioso que dizia serem elas fiéis ao mistério, pois que eram filhas de um enigma. Espiei entre os corpos das mulheres, aproximei-me do centro do ajuntamento e enxerguei aquela que na maca certamente agonizava e senti que aquela reunião final não comportava a minha presença masculina e me retirei sem mágoa, prometendo a mim mesmo que dali em diante eu seria fiel apenas ao destino de Frederico, que não o abandonaria jamais. Tivesse ele naquele instante já morrido ou se em pouco tempo ele saísse daquele hospital, ressurrecto, seria esse o homem que entraria em minha vida mesmo que como um placebo para dirimir o meu isolamento. Se ele por acaso não recuperasse os movimentos ou a consciência, eu lhe daria banhos matutinos, pegaria uma esponja e a passaria sobre sua nudez. E esse ato seria o meu sexo diário. E melhor, assim eu estaria retornando à meninice, eu voltaria a brincar.

Afinal, em casa novamente...

Mas se quisesse tê-lo de volta eu precisava renegar a flutuação que queria de novo me atacar. Não tenho palavras para descrever o que se passa em mim em situações assim. Sei que as minhas ondas cerebrais se aceleram e entro em correnteza, mesmo que por fora eu nada aparente de anormal. Temo que ao fim desse tempestuoso fluxo haja alguma colisão com o que nem sei e que dessa colisão eu saia em cacos. Apoiei-me na parede do corredor do Hospital de Pronto-Socorro de Porto Alegre, o HPS, na avenida Osvaldo Aranha com Venâncio Aires, e sussurrei, sairei com vida dessa minha convulsão, se os deuses me brindarem sairei um outro, um ginasta quem sabe, o grande amor na vida de Frederico — mesmo que ele viva mais setenta ou oitenta anos ele não encontrará um outro que o satisfaça tanto, irá visitar a minha sepultura ao fim de uma tarde de primavera, quando as margaridas nascem por entre as rachaduras do túmulo, e dirá: Você foi o meu homem, outro assim não virá. E eu serei eterno.

Por isso desejo a vida de Frederico, e, quando eu abrir de novo os olhos nesse corredor do pronto-socorro, estarei apto a receber a notícia de que ele viverá.

Vou passando as unhas pela parede do corredor, e a rispidez com a parede é a certeza de que possuo atrito e poderei tomar conta de Frederico, esteja ele entregue à morte ou à vida.

Estremeço, pois que vislumbro o rapaz dentro de uma sala coberto por um lençol encardido. Enquanto caminho acelerado em direção à maca sobre a qual ele jaz branco e mais belo que nunca, enquanto caminho sei que ele é o meu rapaz e só com ele saberei ultrapassar a minha crônica solidão. O que vejo, e o resto não sei mais ver, o que vejo são as pupilas fixas do garoto olhando para mim. Elas se acham espetadas na minha face e parece que viveram sempre para perscrutar a minha expressão tão despojada quanto agora: só tenho olhos para ele, que parece ter perdido a capacidade da visão. O que tenho a fazer?, me pergunto com tal simplicidade que na pergunta já se insere a ação que me faz levar a mão até seus olhos e fechá-los no ato mais cabal de todos aqueles que posso lembrar. Ele que me olhava agora com tanto denodo já está morto, mesmo que eu não saiba através de ninguém se ele de fato morreu. Quando vejo suas pálpebras cobrindo os olhos negros presumo que elas não mais se abrirão e que a lembrança de seus olhos é a única coisa que agora me faz tê-los e que deles terei um registro cada vez mais pálido, até que reste apenas a vaguidão que se erguerá pouco a pouco sobre sua imagem naufragada.

Pelo corredor, muitos pacientes emergenciais em macas, cadeiras de rodas ou sentados no chão a olhar o vazio que os afasta provisoriamente das circunstâncias usuais. Gemidos não são poupados.

Ele morreu?, pergunto ao ar infestado de bactérias e resolvo dizer que, sim, está morto, e que, ao contrário do que pensava, não tenho mais nada a fazer ali. Se ele recuperasse a consciência e os movimentos eu seria bem capaz de levá-lo para casa, trazer comida a seus lábios, lhe ensinar tudo de novo, guiá-lo em passeios pelas redondezas e enfim trazê-lo da condição de filho para amante. Depois de ter passado uma borracha em sua consciência, ele retornaria à lucidez a observar a rotina da minha vida como professor de português, a chegar em casa à tardinha com as compras do jantar, ele retornaria à consciência vendo na minha forma de viver o jeito inaugural das coisas e se lambuzaria com o meu beijo, mesmo vindo de um homem cujos lábios começavam a refluir, lentamente, tão lentamente a ponto de no início não lhe passar pela cabeça que a mucosa dos meus lábios já apresentava só a terça parte do que outrora empolgara uma mulher que quase me dera um filho.

Quando passo pela portaria do hospital, com vários parentes ou amigos dos pacientes emergenciais sentados à espera do veredicto médico, ouço pelo alto-falante chamarem pelo meu nome para que me apresente na sala 202. Não atendo ao chamado, não tenho mais nada a fazer, repito, e me encontro então à frente do Hospital de Pronto-Socorro de Porto Alegre, sob o sol abrasivo da manhã de quase meio-dia. Vou pegar um ônibus, descer na parada exata, andar até meu endereço, na rua Fernando Machado, endereço que agora readquiri na lembrança na marra, lembro quantos cômodos o meu apartamento possui, um quarto e sala, cozinha, banheiro, dependência de empregada, penso se eu poderia acolher Frederico nele, penso, penso, faço sinal pro ônibus, ele para, eu sento, olho o parque da Redenção à minha esquerda, eu olho, só olho, não penso mais em nada, vegeto enquanto for transportado até uma parada relativamente perto da minha casa que nunca abrigou um casal, mulher, filhos, penso em voltar ao pronto-socorro, verificar se me chamam ainda para comunicar que Frederico morreu ou está vivo, ele poderia ser a última chance de convívio entre mim e alguém sob o mesmo teto, de dialogar a dois com as pequenas intempéries do dia a dia, de ao fim e ao cabo adotar uma criança a dois, ir à escola, conversar com a professora, levar o pimpolho ao centro de saúde, vaciná-lo contra sarampo, catapora, ter a mão de Frederico sobre a minha ao fim do dia, para se resolver se bebemos a garrafa de cerveja ou se vamos para a cama, os dois gozando ao mesmo tempo, o sêmen de cada um transbordando das bocas impuras, feitas para beijar, mesmo que amanhã tenhamos que ir à escola do pimpolho conversar com a professora, mesmo que eu tenha de ir correndo para as minhas aulas de português para os funcionários da General Motors, mesmo que nada suplante a nossa ladainha cotidiana — estamos no momento nos beijando, somos eunucos, transamos apenas com nossas bocas e tudo será lasso logo mais, adormecemos, ressonamos, morremos por algumas horas...

9

Antes de penetrar a chave na fechadura e adentrar no meu apartamento, penso de novo: não seria o caso de retornar ao pronto-socorro e perguntar à voz que me chamou no alto-falante: Como está Frederico, ele tem volta? Se tiver, pedirei que me ajudem a levá-lo até o táxi, o deitarei no banco traseiro, durante o trajeto terei minha mão envolvendo a sua e sentirei uma força que nunca precisei usar durante toda a minha vida solitária. Da calçada até o apartamento o levarei nos braços. Ao chegar em casa prepararei uma canja de galinha e é com ela que eu lhe darei alento, colher a colher, que ele babe aqui e ali, não importa, porque seguirei levando a colher por entre seus lábios e a cada colherada ele abrirá mais os olhos e me olhará, não sei se me reconhecerá por enquanto, mas me olhará e eu piscarei o olho mais intruso, aquele que insiste, insiste tanto que ele enfim agranda o olhar e espera que eu retorne ao início, à primeira colherada que eu cumpro e cumpro à risca: primeira, segunda, terceira, quarta e não sei mais quantas, ele soluça, soluço seco, não soluço de choro, sim, com isso ele baba mais, devolve a canja, tem alguns refluxos, eu limpo sua boca, queixo, o alto do peito, camisa...

Entro na sala, procuro a cada canto à cata da coisa que me complementará nos próximos instantes, não a encontro, não adianta ficar bisbilhotando entre as sombras: faz tempo que não guardo nada que vença sua contingência acrescendo seu valor. Abro um pacote que chegou pelos correios, só vejo manchas indecifráveis num papel azulado. Tento puxar pela cabeça para descobrir de onde vieram, pois não consta o remetente, são manchas de expressões mudas e apócrifas, vieram de um lugar que não quer se dar de mão beijada. Danço na sala um velho rock que fala de uma cegonha que não tem bebês no bico para distribuir, perdeu o emprego, e em consequência as crianças rareiam pelo condado, a neve cai, tristonha, e o movimento mais certeiro da tarde é o de uma mão que retira a aliança do anular de sua vizinha, e então ambas se põem debaixo da torneira e uma lava a outra e ninguém toca a campainha e nem o telefone chama. Não deveria eu voltar ao hospital de pronto-socorro do município de Porto Alegre e averiguar de fato se Frederico morreu ou se ainda vivo tece em delírio o meu amparo?

É quando ouço um ruído. Vem de cima, dos lados, vem de baixo? Alguém arrasta móveis, outro liga certa máquina de que não sei a serventia, é apenas uma máquina de apoquentar os miolos, ruídos, ruídos, uma batida gelada em alguma superfície metálica, uma gota aguda ressoa no infinito, outros barulhos empedernidos ralam meus ouvidos, eles não vêm da rua, nascem do outro lado da parede, uma voz suplicia em murmúrios, a mim que não tenho nada, salvo essa noite que caiu lá fora, em que devo dormir, sonhar com a vida ou a morte de Frederico, irromper num pesadelo de onde ele me puxa para que eu vá junto para o abismo e eu resisto, esperneio, grito, ligo o ventilador sobre o suor da cara, deito, os ruídos não me abandonam durante a madrugada, a máquina não para, levanto, vou à gaveta tomo sete, oito comprimidos, faço isso por noites seguidas, sofro mais uma vez uma grave intoxicação, vivo enjoado, não me alimento, perco quilos, teimosamente tremem minhas mãos, vai-se a memória, confusão mental é como os médicos chamam esse estado, acho que é mais que isso, embora não tenha a exata dimensão da coisa que talvez só eu perceba, perco a direção, saio para ir a algum lugar e dou em outro, saio mesmo assim para livrar-me dos ruídos, é noite, enquanto tiver os comprimidos eu os tomo em grande quantidade, eu tomo, eu saio na noite, eu caminho por calçadas úmidas de uma chuva de verão, eu rio de um motivo que a consciência não aborda, sou puxado por mãos que às vezes agridem outras vezes apenas aliciam, me atiram num porta-malas, me fecham aqui dentro, cobrinhas negras se retorcem no meu âmbito ocular, são várias, mil, é uma invasão réptil dentro do porta-malas, não sinto horror, apenas noto um desconforto naquela posição encolhida que não consigo mudar, tento me virar, não dá, respiro fundo com a ajuda de um vigor mental que bem ou mal armazenei até aqui, as cobrinhas se contorcendo são desagradáveis porque repetitivas, uma se nutre da outra naquela movimentação frenética, mas eu as sinto como inofensivas, não podem comigo porque sem mim elas não vingam, pois é certo que elas precisam de mim, eu sou o pai naquela situação, quando ao sair daqui voltar à claridade elas desaparecerão e eu manterei a minha presença mesmo que desgraçada entre os caras que me sequestram sabe-se lá pra que, nem com essa dúvida eu me encano, eu sou maior que eu e as contingências, logo saberão melhor a respeito do que digo.

Abrem o porta-malas. No meio da noite um rosto flamejante sob a luz de um poste, mais flamejante que um ponto de iluminação pública por si só poderia oferecer, flamejante como se estivesse em ignição, as mãos desse rosto me puxam para fora e me arrastam por um descampado de vegetação rasteira. Não há ninguém. Vejo prédios espaçados e de repente vislumbro o nome do Banco do Brasil — lembrei, onde tenho conta. Ainda pude perceber, estávamos no campus da Unisinos, universidade onde eu dera um curso sobre Técnicas no Ensino do Português para Estrangeiros. Naquela situação de overdose medicamentosa eu não lembrava a minha senha, nada, para que eles pudessem sacar as minhas rasas riquezas.

A partir daí começaram a me arrastar de novo pelo campus noturno e vazio. Bateram na minha cabeça com algum peso que não identifiquei, sei que quando caí eu já bebia do meu próprio sangue. Ao vir a mim ainda era noite e uns brigadianos conversavam com alguns vigilantes do campus acerca do meu estado. Sei que não consegui apreender nada da conversa e que essa conversa não se efetivou em ação, não sei, sei que dali eu passei diretamente para a circunstância de maior conveniência para mim: apaguei.

10

De fato, tão radical foi o corte dessa cena para a seguinte que acho impensável que elas tenham se concatenado em sequências contíguas. Estava eu agora deitado numa maca em um corredor de hospital e uma médica a perguntar meu nome, endereço, filiação, pegadas de minha identidade. Percebi que eu não sairia dali se não fornecesse esses dados. De início não conseguia responder a nenhuma das questões. Nome?, Endereço? — para início de conversa eu sabia que para respondê-las eu precisava surpreendê-las de modo fulminante ou não as captaria simplesmente. Precisava evitar qualquer raciocínio sobre o significado dessas premissas individuais. Precisava repossuí-las automaticamente, frescas, inaugurais, como quem fixa esses dados na primeira infância. Naquela vertigem pós-ferimento, nome, endereço eram coisas sólidas, pesadas demais para que eu pudesse puxá-las do pensamento. Elas doeriam para sair. Nome?, Endereço?, eu repetia internamente, tremendamente frustrado por recusar de forma involuntária uma exposição a quem me inquiria para só com esses dados me soltar dali e me deixar ir em paz. Quem era eu, onde morava eram dados inacessíveis que eu temia sinceramente ter perdido em definitivo, e tanto que só me restaria ficar naquele corredor insalubre do hospital. Hospital que agora, sim, eu identificava como sendo o pronto-socorro municipal de Porto Alegre, na avenida Osvaldo Aranha, e se isso estava voltando à minha memória era sinal de que dali a pouco eu descobriria o meu próprio nome e o endereço onde eu vivia, ah, sim, na Fernando Machado, embora eu ainda não adivinhasse o número do prédio e do apartamento, mas isso viria com as horas, desde que a médica não ficasse insistindo em me perguntar em demasia onde eu morava e principalmente o meu nome, disse-lhe que morava na Fernando Machado, ah, perto do Alto da Bronze, mas que ela me desse uns minutinhos a mais para lembrar o número do prédio e do apartamento, ah, e ainda existia o meu nome para declarar porque antes dessas declarações eu continuaria sobre aquela maca meio ensanguentada, e com pontos num talho na minha cabeça — eu passava a mão no crânio e sentia que a cicatriz era grande e que eu jamais recobraria a memória plena do que me tinha acontecido para que aquele talho tivesse se instalado ali e tudo, e a médica me perguntava pela milésima vez meu nome e eu precisava lembrar dele se quisesse me ver livre de seu jugo e eu tentei, respirei fundo e trouxe à tona um nome de quatro letras chamado João sem saber com convicção se aquele de fato era o meu nome mas era, não havia outro, João, repeti, e ela queria saber o nome completo, o sobrenome também, e eu respondo que assim é demais, que eu só tenho esse, nenhum mais, e ela se mostra meio impaciente e pede que eu durma, que ela vai me sedar mais. E antes que ela aplicasse em mim mais sedativos eu digo ó, é João... João Bastos. Eu já verificara que a minha carteira com documentos tinha sido roubada. Estava bem assim, João... João Bastos, e assim eu dormiria aliviado, pois já tinha passado meu nome completo, João... João Bastos, homem branco, magro, morador da área central de Porto Alegre, ainda sem o número do prédio e o do apartamento claros na cabeça, mas era só eu adormecer sedado, era só passar por esse sono e enfim acordar que eu teria todos os meus dados na mente, era só isso acontecer para eu ser devolvido às ruas de onde eu tinha vindo e onde com certeza terminaria meus dias, entre uma esquina e outra, entre um bar e outro, tomando a minha cerveja e outras mais, mais outras, até que com a cabeça turva eu dissesse: eu viverei mais, bem mais, mais até do que poderei sustentar...

Foi quando uma imagem me chamou para seu núcleo e eu vi lá dentro: era Frederico ainda vivo, sim, olhando-me com um leve sorriso, todo de branco, parecia um enfermeiro. Eu não soube de cara o que pensar, como reagir, que caminho tomar, o de embarcar na força da imagem ou o de virar o semblante para o que de mais plausível eu pudesse encarar. Sim, pensei em olhar para fora daquela figura mais que surpreendente vestida de branco que nem um enfermeiro — ele, Frederico, vivo.

Mas não era possível que eu me negasse à imagem de Frederico sorrindo levemente diante do vazio do meu estado, vazio onde tudo poderia ser incluído, até a imagem quem sabe inexistente dele, Frederico, vestido de branco como um enfermeiro, a querer talvez uma palavra minha, coisa improvável já que eu não tinha base para sustentar um pensamento depois de outro, salvo o de lhe pedir que me desse uma luz sobre possibilidades numéricas do meu endereço, número do prédio e o do apartamento, para que eu não saísse do pronto-socorro como um impostor completo, mentindo acerca até de onde eu morava e tudo, então pensei que eu ia olhar para ele e nem me interessaria saber como ele se safara do seu péssimo estado naquele hospital e o que ele fazia ali com roupa de enfermeiro, poucas coisas me interessavam, talvez só me interessasse mesmo era a figura de Frederico que eu voltava a captar agora muito distante, muito mesmo, a ponto de eu pensar em fazer qualquer coisa para me reaproximar de seu espectro.

Sentei com algum esforço na borda da maca, sofria de alguma vertigem. Tirei a camisa para me livrar do meu suor tamanho. Ela estava bem ensanguentada nas costas. Voltei a vesti-la porque naquele momento não saberia viver sem a matéria mais eloquente do meu corpo ali, o sangue. Deixá-la para trás ali seria uma bruta covardia que eu não pretendia levar para diante. Afinal, não era para esconder o sumo do meu corpo que eu estava no recinto, mas para aplacá-lo, sim. E fui me apoiando pelas paredes do corredor, dizendo aos circundantes que ia ao banheiro...

11

Frederico me olhava como alguém em close, eu só via a sua face que de início achei corada, em nada lembrando a última vez que o tinha visto, com o aspecto de cadáver, então eu disse eu vou, sim, me espera. Ao terminar de dizer *me espera,* me veio uma tal certeza de que eu estava diante de uma estátua e não de uma carne fresca de alguém com a idade dele, que para quebrar aquela visão hierática eu precisei soltar umas palavras que para mim na hora soaram realistas: *vamos jogar, você de lá eu daqui, sim, vamos lá?* O que parecia um toque realista virou de súbito aos meus ouvidos demencial. Ainda ouvi alguém perguntar meu nome completo, meu endereço. O que começava a se tornar enlouquecedor. Mas essa inquirição demoníaca foi soando cada vez mais ao longe, até sumir enfim como se capitulando diante do meu silêncio. Sacudi a cabeça e me concentrei na face de Frederico de novo resplandecente. Toquei então a sua pele e ela ardia como eu, banhados por um sol de meio-dia, no minuto seguinte no entanto percebi que o sol apenas incidia segundo os cânones das primeiras horas da manhã — mas era um verão, sabíamos, e tínhamos mais o que esperar até os nossos corpos se incendiarem ao peso do astro que, a pino, seria com certeza mais forte do que poderíamos prever. Depois dali rolaríamos pela grama para amenizar as ferroadas das abelhas até cairmos no lago onde o olhar de um no outro nos faria enfim espairecer de fato.

Ele estava ali, tirando o branco do enfermeiro, a sunga, tudo, e sobre a rocha num salto mergulhando nas águas do rio. Pensei fazer o mesmo, ir atrás. Ao tirar a camisa e jogá-la na relva vi suas manchas de sangue: notei que o sangue já não detinha o frescor da matéria minha que eu gostaria de carregar, pois coagulava-se em crostas, e derivei então meu pensamento para onde eu poderia lavá-la, porque o meu reino doravante seria o mesmo do garoto, imune às vicissitudes da minha idade, uma ordem agora saltitante, febril qual esse mergulho que me levava às águas de sua companhia para sempre, amém.

Eu estava nu também e com uma vontade maior de não sei o quê. Tinha medo de que ele oferecesse alguma resistência ou para eu abraçá-lo ou para escutá-lo com uma atenção para ele indevida ou para lhe falar de sentimentos que apenas começavam a germinar e logo adiante pareceriam ridículos para mim também. Eu, que no Hospital de Pronto-Socorro do Município de Porto Alegre por vezes aceitava que naquele meu estado trêmulo, amnésico, fraco, já não tinha mais nada a perder, considerava agora que nas águas, ao contrário, por qualquer capricho eu não deveria botar tudo a perder, que eu tinha tudo, a começar a vida ensolarada, que tudo era portanto uma questão de cautela e não de destemor. Não é que eu já não sofresse mais amnésia, mas uma outra memória me inundava vinda daquela profusa natureza e eu fixava muito bem cada coisa que eu via, a cor azulada da água, o recorte de três nuvens, a rocha, a relva em volta, o garoto sem saber para onde olhava, se para mim ou para as coisas em torno, feito eu, que não sabia mais para onde olhar de tanto que tudo se me apresentava para que eu não precisasse buscar no passado o que já me povoava ali no zero da lembrança. Eu retinha na cabeça elemento por elemento para nunca mais esquecê-los, realçados em minúcias pelo sol veemente, arrebatador.

Frederico correu para a margem e fui atrás sem saber o que eu poderia fazer fora de segui-lo com aquela ânsia cega de ultrapassar minha solidão. Ele vestia-se. Comecei a fazer a mesma operação, até que peguei minha camisa e verifiquei aflito o quanto estava duramente ensanguentada do corte na minha cabeça. Corri para a água e entrei a esfregá-la com denodo. Havia uma pequena rocha a meu lado e eu me pus a bater a roupa nela, como eu tinha visto em um filme de Alberto Cavalcanti, lavadeiras batendo a roupa na pedra, elas cantavam enquanto batiam a roupa na pedra para tirar à força a sujeira, e eu não me fiz de rogado e dei para cantar uma canção antiga cantada por minha mãe, uma que falava das labaredas dos girassóis seguindo o movimento do astro em pleno meio-dia, horário que talvez fizesse ali, não sei, sei que tinha no meu corpo a mistura da água do rio com novas gotas de suor. Enquanto torcia a camisa percebia que as manchas de sangue iam saindo... Eu lavava bem a minha roupa e isso me encheu de alegria. Frederico parecia entender o motivo da minha alegria. E sorriu com o semblante de uma estátua — sorria para o além ou para dentro, sei lá, sem fitar os meus olhos tão sedentos do que haveria por trás do seu sorriso...

De repente ele se pôs a correr por sobre a areia grossa e, claro, eu fui por sua trilha, procurando pisar justamente nos rastros dele, e aquilo fazia parte do meu novo alento, pois entre voltar para o pronto-socorro municipal de Porto Alegre e ter Frederico na condição de enfermeiro ou o que quer que fosse naquele uniforme branco que ele agora atirava pela areia (já ia só de sunga) — entre correr atrás dele por essa paragem que nem o nome eu sabia, entre estar a correr aqui ou permanecer lá no hospital deitado na maca sem saber exatamente do meu estado, apenas consciente de que eu para sair dali precisaria extrair da minha memória relutante o meu endereço completo e outros dados fúteis da minha identidade, entre isso lá e aquilo ali, era aqui que a minha força retornava e me transfigurava num homem melhor, mesmo que não soubesse até quando as coisas assim poderiam durar...

Súbito o garoto parou. Olhou para trás, não como se quisesse se certificar se eu realmente o seguia. Olhou com o jeito de vislumbrar algo além, que por alguma razão tivesse ficado na origem de sua corrida desabalada pela margem do rio. Esticou o pescoço, mas pareceu não ter encontrado o motivo de sua inquietação.

Cheguei a me perguntar se não haveria de fato uma terceira pessoa que eu, vivendo a alegria difusa por estar com Frederico naquela situação que não a do meu triste estado no hospital, sim..., cheguei a me perguntar se não haveria uma terceira pessoa que eu nem conseguira notar. Eu vivia entre fantasmas, pensei, e dessas companhias etéreas eu não queria me apartar. Os seres físicos não me ofereciam nada mais convincente do que essas presenças esquivas ao meu toque, geralmente caladas... De uma delas me vi perto dia desses, até devo tê-la sujado com meus ansiosos fluidos...

Fosse como fosse minha vaca-fria, voltar para o hospital é que não daria pé, não tanto por qualquer desconforto físico que lá de novo voltasse a sentir, mas porque retornando à minha situação de paciente, mesmo que me restabelecesse integralmente logo, eu deveria na sequência reingressar no meu cotidiano solitário, de um dia após o outro, dando aulas de português para estrangeiros, retornando pra casa à noite, sonhando com besteiras no meu baixo sono, para logo reingressar na minha insônia até a manhã se implantar.

Onde mais estar que não ali à beira do rio, aguardando que o garoto se decidisse a dar alguma indicação para o rumo da minha companhia? Quanto mais a minha condição acendia em mim alguma humilhação, mais me agarrava àquele cenário como o único possível para prosseguir. O que era uma pequena humilhação diante do fato de eu responder, mesmo que provisoriamente, às minhas demandas por outro corpo igual ao meu? Pouco importava se eu não o tocasse, pois eu estava seguro de que ele tinha um cheiro, e esse cheiro vinha na brisa: já se confundia com as águas e com a areia ardendo nas solas dos passos.

Vinham vindo uns cachorros para junto de Frederico. Latiam, colocavam suas patas nos seus joelhos, em aparente júbilo. Rodeado de cães ele enfim me olhou com convicção, dizendo parecia cheguei a meu destino, isso aqui é meu. Seria mesmo, ou ele tinha tão somente uns cachorros, uns vira-latas nesse canto perdido de um lugar de que eu ainda nem sabia o nome?

Até que Frederico fez sinal para que eu me achegasse mais.

Havia algum tempo que eu não ouvia a voz de Frederico. Estava com saudades de escutar o seu timbre abaritonado materializando um italiano veloz ou uns esparsos esboços de português. Mas não foi ainda dessa vez que emitiu algum fonema.

Ele se pôs a caminhar e entrou por uma senda na mata. Eu atrás, em meio a alguns cachorros retardatários. Mosquitos me picavam, estapeava meus braços. Os cães latiam com tamanha insistência que pensei em escapar dali. Mas adivinhava que não seria ninguém sem a companhia de Frederico. Se me achava fora do hospital de pronto-socorro e com boa saúde, pensei, era devido ao garoto, e isso não sabia explicar.

De repente ele abraçou-se a um tronco e começou a subir pela árvore, até dar lá no topo e pegar uma caixa grande que o esperava amarrada ao tronco. Pegou-a e desceu com uma prática espantosa, feito nativo da mata, algo assim como um secreto homem das selvas. Os cães latiam em polvorosa em volta da árvore.

Abriu a caixa e entrou por um canil onde vários cachorros o aguardavam vociferando em torno do volume. Os outros entraram no canil afoitos, babavam. Frederico começou a tirar da caixa postas de carne atirando-as para os bichos. Em meio à comilança um cachorro não se levantava e nem comia. Aliás, uma cachorra que simplesmente paria. Ela tinha vários filhotes em volta, sem conseguirem caminhar — olhos cerrados, envoltos na meleca das entranhas.

Vi que o garoto se aproximou do animal ao perceber que um dos filhotes apresentava dificuldades de sair da mãe. O rapaz ajoelhou-se e se pôs a servir de parteiro gadanhando nas viscosidades do nascituro. Às vezes puxava-o mesmo, pois suas patas traseiras se mostravam entaladas no orifício esgarçado do animal.

Até que num puxão mais violento o cãozinho conseguiu se desvencilhar de dentro da mãe. O bichinho caiu de lado na terra, exangue, não respirava. Frederico deu um murro no peito do filhote. Sua respiração voltou. O animalzinho, porém, não tentou se levantar. Frederico pegou-o e o sacudiu, gesto a exigir que o filhote voltasse com urgência à vida. O garoto pegou o bicho pelas pernas traseiras e ficou como pensando o que fazer com aquele pequeno corpo prostrado.

Escutei o motor de um caminhão passando pelas redondezas. Suspirei aliviado, deveria estar perto de uma estrada. Embora quisesse permanecer com o garoto, alguma coisa nele começava a me provocar um incômodo, talvez o seu poder sobre a vida e a morte que estava me expondo ali, com seu ar superior, de quem sabia no fundo que eu era dependente de seus passos, com os quais ele me conduziria eu não sabia ainda para onde, se para o inferno ou para um aconchego para o qual eu desconfiava já não ter mais credenciais.

Em volta os cães rosnavam em ameaças mútuas pelo que restava da carne. Frederico saía do canil. Eu iria atrás disfarçadamente, na maior discrição. Ele rodou várias vezes a corrente em torno das barras do portão. E agora?, me perguntei. Até onde iria a minha submissão àquele périplo? Ele fez o gesto de indicar a continuação da trilha que daria sei lá em que lugar. Eu só sabia isso: eu queria retardar o meu retorno ao hospital de pronto-socorro.

Seguia-o em meio a um mato agora mais cerrado, e a minha força vinha de pisar meticulosamente no ponto exato de seus rastros, para que, ao me agarrar a suas pegadas, ele me transfundisse um pouco de sua juventude, eu era aquele homem gozando do contato de seus passos — e quando chegasse aonde tivesse de ser eu estaria pronto para o melhor, embora eu já não visse mais suas marcas no solo, pois pisávamos numa pocilga dentro de um galpão sombrio, rodeados de porcos com o ruído grosso da boca e com seus narizes medonhos chafurdando na sua própria merda. Quando vi tinha perdido Frederico de vista e o ambiente me atordoava e eu não tinha mais nada a fazer salvo correr e levar tombos vários no chiqueiro sem fim e me enlamear e me levantar correndo mais e mais até voltar a pisar na luz sobre uma relva onde pavões passeavam devagar.

O garoto acenou para um cara que dirigia um jipe e vinha em zigue-zague, pois os pavões não se dignavam a sair do caminho para que o jipe passasse em linha reta. Eles se faziam de surdos, majestosos. O veículo não parou; o motorista apenas soltou umas duas, três palavras para o garoto. Frederico parecia não ter dado atenção ao homem e continuou sua marcha em direção a uma imponente, mas gasta, casa de madeira com avarandado, ao fundo do cenário.

12

Os pavões ficavam para trás. O garoto entrou na casa. Quando reparei, o escuro lá de dentro parecia tê-lo engolido. Pedi licença ao vazio em torno e entrei. Quem vinha do sol que fazia lá fora cegava-se ao entrar no que deveria ser a sala. De vez em quando um lampejo de claridade mostrava uma paisagem interna devoluta, lençóis revoltos sobre um sofá de couro, um prato com restos de macarrão, até que baixei a cabeça, tapei a cara querendo me ver livre dessas visões e quando a destapei eu vi, nitidamente: Frederico abraçava uma mulher com seus quarenta e poucos anos e eu não precisei olhar muito para chegar à conclusão: só podia ser sua mãe que o recebia num abraço não de todo caloroso, hierático mais, parado num ambiente agora de luz menos mortiça com moscas rente aos olhos em seus zumbidos e com até uma abelha voejando em volta de uma pera mordida. Onde eu estaria se não tivesse encontrado Frederico?

Ainda no hospital de pronto-socorro? E eu continuaria no encalço desse rapaz até o limite que o destino me impusesse?

Eu apalpava o marco de uma porta para sentir se era aquele material mesmo que eu via. Para ter certeza apertei demais a coisa e percebi que por muito pouco não me feria. De tanta ânsia para concluir acerca do ambiente em que eu me metera a seguir o rapaz a minha mão doía no calor do atrito. É que havia a cabeça de um prego com um bilhete lembrando que era preciso colocar flores no túmulo. Havia alguém morto nas imediações? Mas, antes de tentar conhecer a resposta, onde estavam Frederico e a mulher que ainda havia pouco se abraçavam meio como mãe e filho?

Como circular pela casa se eu não passava de um intruso? Eu estava ali na penumbra da porta para a cozinha, me sentindo sobrando, querendo me apagar... Os presumíveis filho e mãe não pareciam estar por perto. A casa tinha um jeito cristalizado. A luz do dia não chegava nos detalhes e eu não queria mais olhar, já que não divisava direito a maçaneta, os pratos sujos dentro da pia — aliás, eu já não podia afiançar se o que eu via era de fato prato sujo ou maçaneta. Pela porta dos fundos, ao fim do corredor, dava para perceber no entanto que o sol continuava forte. Só me restava sair daquele ambiente aos meus olhos já bem degradado e tentar pegar o caminho de volta ou para o convívio dos traumatizados no pronto-socorro ou, por que não?, para a minha casa e esquecer o que eu vivera até ali.

O meu corpo não reclamava mais. De quando em quando passava a mão na cabeça para sentir o couro cabeludo costurado. Nada de dor. A terra dos fundos da casa se mostrava vermelha, crestada pelo castigo da seca. Pus-me a andar. Um cachorro preto foi me seguindo. O bicho era mais um pormenor da irrealidade do lugar. Ele estava ali me acompanhando mas ao mesmo tempo não estava, pois o cenário como um todo era ostensivamente alheio à minha presença.

Se o cão caminhava rente a mim parecia por falta de coisa melhor para fazer. Talvez tivesse entrado na mecânica indolente dos meus passos. Nada mais que isso. Sei que me sentia mortalmente desfamiliarizado com o ambiente e que assim eu só poderia perceber o cão feito uma sombra que se alienara de sua matriz — seu corpo verdadeiro habitava uma fonte que, mesmo querendo, eu não podia alcançar. Parecia haver um mundo onde as coisas se preservavam íntegras, mundo com o qual eu tinha rompido em consequência de uma doença qualquer.

No lado de lá do muro havia uma escavadeira parada. Marcando talvez uma obra que estivesse para ser iniciada. Ou que sofresse um impasse em sua continuidade logo em seu começo. Em volta da máquina uma verdadeira argila não tivera tempo de se ressecar. Perguntei-me se ali não acontecia nada — como me sentia prestes a acreditar. Um beija-flor suspendia o voo em frente a uma margarida cansada e entre as macegas uma cigarra ferrava o seu canto, aumentando o calor.

O cachorro já se dispersara de mim. Mirei o azulão do céu, em inusitado regozijo. Não me comprometeria com os ingredientes do cenário. Salvo com a visão insistente do céu — superior aos pequenos dramas que me consumiam. Restaria saber como reassumir a minha faina diária: como voltar a beber da água matutina ingerindo os meus remédios e reembarcar nos meus afazeres do cotidiano, medianamente aflito por não poder dar conta de mais um dia refratário ao meu entendimento...

E depois disso eu teria ainda algum futuro? Como voltar a provar da rotina inofensiva quando se experimenta um mundo como aquele, a se mostrar radicalmente indiferente à minha percepção? Passei a mão pelos pontos do meu couro cabeludo e soube mais uma vez que eu viera mesmo do pronto-socorro e não de minha casa e que era para o hospital que eu deveria voltar, sob pena de queimar uma etapa grave e não encontrar mais minhas próprias referências na cidade, supus.

Ajoelhei-me de cansaço sobre a terra seca. Precisava decidir como voltar. Estava num deserto nos fundos daquela casa. Eu tinha sede. Não queria entrar novamente na casa, pedir água a quem se dissolvera nas sombras me deixando no abandono. Pela claridade, haveria ainda muito dia pela frente. Então tirei a camisa, levei a cabeça para trás e calmamente a torci sobre a boca sedenta. Espremia do pano um líquido alaranjado, misto de suor e sangue renitente, e eu fingia que aquilo me dava algum grau de saciedade.

Não que esse gesto conseguisse de fato aplacar a minha sede, mas devolvia para mim um tantinho do meu sangue com que poderia me restaurar, a tempo de eu chegar naquilo que eu aprendera a reconhecer como Porto Alegre com uma nova força, muito longe da situação que me prendia ao prédio sebento do pronto-socorro. Passei a mão pelos pontos de minha cabeça e pensei se não seria o caso de eu voltar ao hospital, aquele mesmo, na esquina da Venâncio Aires com Osvaldo Aranha e dali só sair de novo com a anuência médica. Pensei que só assim eu poderia retomar a marcha dos acontecimentos, depois do hiato da aventura com Frederico sob o causticante sol daquele tempo — uma aventura muda, agora me dava conta, sim, em que não trocamos uma única palavra.

13

Olhei para a exuberância do azul do céu e senti que precisava falar com alguém, alguém que pudesse me confirmar, sim, que eu era um homem da mesma espécie do interlocutor e que me encontrava naquela paisagem cuja terra se mostrava em sulcos devido à seca da região, e que o dia era bonito mesmo e o sol doía no lombo.

Vesti novamente a camisa para me proteger. Eu deveria mantê-la no corpo, mesmo que um leve vestígio de sangue ainda insistisse depois da lavagem. Quando chegasse à cidade eu estaria então completamente vestido, inspirando respeito e em consequência compreensão pela minha roupa de resto em estado de miséria.

Mas não estava ainda naquilo que eu pudesse considerar uma cidade. Por onde eu olhava via terra esturricada, estrume de animais naquele instante invisíveis, arbustos, macegas, árvores frondosas sob as quais eu era instado a parar por minutos para não cair em insolação. Formigas saíam por fendas da terra e pensei até em ser uma delas para estar em atividade no entra e sai dos formigueiros.

Divisei um vulto olhando para a terra. Aproximei-me, eu precisava ouvir alguém me perguntar e eu responder, falar.

Era um homem velho. Vestia uma camisa e uma bermuda brancas. Ele olhava uma sepultura avulsa. O túmulo se encontrava bem abandonado. Na lápide encardida havia o nome do morto: Elio Drago. Dei boa-tarde ao velho de branco. Dirigi-lhe a palavra, perguntei: Quem está enterrado aí? É o dono dessa granja, ele respondeu. "Era italiano, veio fugido da Itália, depois que manteve relações libidinosas com uma sobrinha de 13 anos, isso se soube pelo seu irmão solteiro que veio atrás do mano e se suicidou meses após a chegada." Quem o quê?, tive vontade de indagar. Senti-me momentaneamente aturdido diante da fala do homem de branco.

"Aqui Elio Drago se juntou a uma amante pelo resto da vida, uma mulher trinta e cinco anos mais nova, já mãe solteira de um menino. Ele criou o menino, deu-lhe inclusive seu nome de família. Hoje é um jovem que vem às vezes visitar a mãe. É o Frederico, Frederico Drago, que foi viver por sete anos na Itália assim que fez 16 anos, voltou de lá há uns três meses."

Frederico nascera e tinha sido criado no Brasil. E, mistério dos mistérios, queria aprender a falar português comigo. Ali concluí que eu não o veria mais. E que jamais deslindaria o enigma de um garoto que fora alfabetizado em português querer que eu lhe ensinasse a falar essa língua. Que ardilosos planos ele poderia ter, nos quais me tivesse incluído? Um garoto a almejar sobrepor o meu português ao dele... Pouco a pouco fingiria o sucesso do aprendizado ao pronunciar palavras desse idioma, a formar frases inteiras, a cantarolar canções brasileiras, afirmando possuir uma facilidade tamanha para idiomas, falava com fluência inglês, francês, espanhol, italiano, claro, agora a língua portuguesa, a pronúncia exata, sem sotaque, perfeita, o ritmo da conversação nativa... Eu me admiraria por certo e vassalo cairia diante do seu raro pendor em seduzir.

O velho coçava o púbis com insistência. Falava e coçava o púbis. Reparei que o tecido branco de sua bermuda mostrava-se encardido na região da pélvis de tanto que ele passava a mão ali, não sei com que sentido, sei lá se como um timbre desabusadamente sexual ou o de reiterar que ele era quem era porque trazia em si a marca de uma liderança viril, mesmo que cansada. Não sei se ele queria representar para mim um confronto calado, a demonstrar que eu, mesmo mais novo, não tinha a disponibilidade que ele tinha em sua como que argumentação física. Cheguei a pensar que, por artes da insolação, eu tinha diante de mim justamente a figura do morto enterrado a meus pés, o pai adotivo de Frederico, rapaz de quem eu precisava fugir. E pensei que agora talvez eu pudesse ser despertado enfim por um real apelo carnal, mesmo que esse sopro viesse daquele velho à beira de sua própria sepultura, ele passava a mão no púbis feito uma ladainha pagã, sublinhando cada informação que ele discorria sobre Elio Drago, ele próprio, o lúbrico, o insensato, o fugitivo de seu país para os braços de uma brasileira trinta e cinco anos mais nova, mãe de Frederico Drago, bebê que ele ninava na escuridão do quarto, entoando baixinho canções da Toscana, sua pátria, até que se deita e beija a bochecha da criança e adormece com Frederico no peito; o garotinho se acomoda com o jeito de mamar na mãe que está na cozinha diante do fogão, auscultando o ponto exato para o macarrão.

Elio Drago se encontrava ali comigo. Talvez eu não quisesse dormir àquela noite, eu não quisesse acordar. Eu e aquele velho com a região pélvica escura de tanto manuseio enigmático poderíamos passar as próximas horas vivendo aquilo que eu não conseguira experimentar com Frederico, seu enteado, começaríamos agora, eu daqui, ele de lá — mas e daí?, o que poderia acontecer eu daqui ele de lá, assim —, só me restava fechar os olhos e me alucinar com aquilo que o sol inclemente processasse na minha cabeça quebrada, um homem com dificuldade de lembrar o próprio endereço, quem sabe seu nome, agora na companhia daquele velho à beira de sua própria sepultura, aqui, sob esse sol de 40°, pois é, aqui, eu tendo de ir embora pois precisava pegar Porto Alegre ainda de dia, para entrar no meu pronto-socorro, deitar na minha maca e deixar que o destino me reiniciasse, amém.

O velho com a braguilha encardida parecia ser todo olhos para o túmulo onde voltaria a morrer. Segui viagem antes que caísse a tarde. Virei a cabeça uma vez. Ele já não estava à flor da terra. Mesmo assim abanei para sua ausência, um pouco culpado por não ter tocado em seu braço, alguma outra parte, por não lhe ter transmitido um pouco do calor de vivo... Andei, andei, parei diante de uma árvore com um tanto das raízes à vista, o tronco coberto de hera. A sombra que caía me fez pender a cabeça não pensando em nada, e o que vi foi uma flor viçosa, aveludada, de que eu não sabia o nome, roxa, pétalas meio aladas, asas de borboleta sob a brisa esvoaçavam, pousavam nos meus pés, beijavam meus sapatos e então cessavam. Daquela erupção da terra, roxa, vinha um perfume agreste, tão penetrante que parecia que toda a presença do mundo estivesse posta ali, naquela sucinta corola, rente à qual um desenho trêmulo de um colibri suspendia o voo e se inebriava e sumia repentinamente me deixando a sós com a flor que eu tinha vontade de morder, mastigar, engolir, cagar em mínimas pinceladas na cueca pra depois limpar.

14

Naquele instante me ouvi cantando baixinho – as músicas me habitavam quase sem interrupções. O mundo me assoberbaria novamente em Porto Alegre, voltaria a ser espesso demais, e só a música me fazia esquecer por enquanto do peso que eu teria de enfrentar. Para não correr o risco de ficar repetindo meu endereço durante o trajeto de volta à cidade, para não esquecê-lo, anotei-o num papelzinho do fundo do bolso, pois, eu sabia, só com o meu endereço na ponta da língua me libertariam do hospital. Mesmo que em princípio tivesse convicção da geografia da cidade – independentemente de ter ou não o endereço na cabeça –, eu temia, sim, não encontrar mais as minhas referências no mundo, se por acaso queimasse a etapa do pronto-socorro. Se escapasse do período ainda devido como paciente, eu no mínimo continuaria hesitando na memória das coisas mais banais.

A canção que eu no íntimo cantava dava o ritmo da marcha. Eu fui feliz naquela caminhada de retorno a Porto Alegre. O sol estava mais baixo e eu andava com a camisa aberta ao peito, criando um tema melódico que começava sóbrio e aos poucos ia se exaltando a ponto de eu imaginar tufões de sopros, percussão alvoroçada, tímpanos, exultação, meu coração disparava até que tudo ia sossegando pouco a pouco e uma flauta se despedia quase inaudível e os meus passos feneciam. E eu olhava tudo em volta, e quando digo tudo era tudo mesmo, não havia um só ramo separado, uma réstia avulsa de raio solar entre duas copas, ou uma flor solta esmaecida pela pujança de luz, nada disso: cada coisa existia em seu conjunto e eu só sabia captar a vastidão e a vastidão era a unidade mínima de tudo. Eu era um rei. E como rei me sentia. Tão assim, que só me restava parar, contemplar, fruir o que os meus olhos alcançavam. Lá adiante, numa estradinha poeirenta um ônibus velho passava. Ia para onde, até o centro da cidade? Mas eu não me dei o tempo necessário para pensar em providências práticas e deixei que o ônibus me fugisse e fosse ao seu destino sem saber da minha existência ensimesmada.

Eu precisava reiniciar os passos. Por que Porto Alegre me chamava, se eu não queria a dor de um hospital em corredores escuros e fétidos de suor, sangue, pruridos, bandagens, rumores trêmulos? Por que Porto Alegre me chamava?, indaguei batendo no peito até fazer barulho cavo, como se me açoitasse, para não ter de formular a resposta que jamais saberia dar. Por que Porto Alegre me chamava, hein?, ainda insisti e repeti e repeti para não ter de elaborar a resposta que, sim, sim, jamais saberia dar.

Eu teria de chegar a Porto Alegre antes do entardecer. Então me apressei, abri a braguilha, forcei a uretra e mijei mais do que precisava. Mijei em cima de um formigueiro. Brinquei como na infância, de Deus. Feito Deus, eu mandava uma hecatombe sobre os seres inferiores, uma brutal intempérie que os castigaria num ato gratuito. Feito Deus quis descartar qualquer misericórdia. Aquelas minúsculas vidas que andavam em sua faina diária jaziam agora exterminadas em meio à espuma da minha urina torpe. Isso me dava uma força que não costumava encontrar tão facilmente. Eu conseguia eliminar os que interpunham um movimento frenético entre mim e a paisagem. De movimento, apenas uma aragem tímida que mexia imperceptivelmente em algumas folhas distraídas. No mais, tudo coagulava, eu estava retido no instante. Naquela inércia me veio a ideia de estar preparando o meu gesto terminal. Mais uma vez, ele parecia a ponto de ocorrer... Mas mais uma vez, eu sabia, ele tardaria...

Perguntei-me se o meu corpo já não tinha morrido no hospital. E se eu não era um desses fantasmas que apenas se extasiam com o quase nada que os constitui.

Olhei meu organismo, abri os braços para me inspecionar melhor. Tirando a barriga um tanto proeminente, ele parecia razoavelmente bem, ainda era um instrumento carnal, embora não pudesse contar com ele em nenhum desempenho qualificado. O sol baixara mais, mas ainda não se avizinhava o crepúsculo. Eu tinha um tempo para chegar até a minha maca no corredor do hospital. E se ela não estivesse mais vazia? E se me dissessem que o cara que a ocupara tinha morrido? Para onde eu iria? Encontraria a minha residência ou tudo o que me pertencera se esvaíra comigo? E o que eu faria com isso que sobrara, esse cara aqui averiguando o seu próprio corpo, misto de vestígio de sangue, muito suor, e um vago apetite por continuar, mesmo que em sua malfadada solidão? Iria até o Hospital de Pronto-Socorro de Porto Alegre verificar se eu estava à beira de ganhar alta para retomar minha vida de antes ou se não, se eu já tinha ido para o beleléu? Se as portas dos vivos se mostrassem cerradas para uma figura inexistente como eu, o que me restaria se não vagar pelas ruas feito um mendigo sem razão para esmolar?

Olhei o solo bruto de meu itinerário errante de retorno a Porto Alegre e vi uma aliança visivelmente vagabunda, sim, mas ainda meio cintilante contra a relva. Apesar de já ser tarde avançada, a luz puxava um brilho qualquer do pequeno objeto. Peguei-o e ele coube no indicador direito. Estava tão desorientado pelos últimos acontecimentos ou pela falta deles, que de imediato me senti ligado a uma força, mas que não poderia se revelar sob pena de eu não sobreviver. Ou eu bem continuava só, ou, se encontrasse enfim a companhia, eu não chegaria até o hospital nem a lugar nenhum. Mais uma prova inútil na minha vida cheia delas. Resolvi deixar a aliança justa no meu dedo, como uma promessa, sei lá, que eu sabia não deveria cultivar.

Andava de novo, andava agora um pouco apressado. Passei a mão nos pontos da cabeça e era nisso que eu deveria pensar. Os pontos no talho. Deveria, sim, chegar ao pronto-socorro da cidade, ocupar de novo a minha maca se ela continuasse vaga e me abandonar aos possíveis cuidados dos médicos e enfermeiros. Não sem antes disfarçadamente olhar a anotação do meu domicílio escrito no papel e recitá-lo e, pronto! — com a memória do número do meu prédio e apartamento poderia enfim sair do seio dos feridos e me dirigir enfim à minha casa para recomeçar. Por enquanto eu esbarrava nas pedras, resvalava nas folhas caídas com o muco teimoso da terra, ouvia mugidos de bois distantes, canto de pássaros que começavam a voltar a seu sono entre os galhos — eu próprio talvez fosse um deles e não acordasse mais no hospital ou em qualquer outro lugar — escondido de tudo para sempre, em paz...

15

Foi quando vi uma gata grávida se espreguiçando de pé, as mamas túmidas. Ciciei o som típico que os homens encontraram para chamar os gatos e fiz o movimento com os dedos para o mesmo fim. Ela veio aos meus pés, não ficou a distância e à espreita como os felinos fazem diante de desconhecidos, veio e passou seus bigodes pelos meus tornozelos e ronronou e tudo e sentei na relva arruivada pela inclemência do sol e coloquei-a entre as pernas e passei a mão por seu ventre intumescido; encaixei-a sem muito pensar na virilha; ela levantou o rabo e o calor dos nossos corpos era maior do que eu podia imaginar; a gata então desfez sua posição e pulou sobre a minha perna e se foi autônoma a esperar por sua cria.

De repente, do nada, eu me senti assim como se estupefato. Sim, não que houvesse alguma coisa ou alguém diante do que eu pudesse me sentir em raro espanto. A ocorrência da felina já tinha passado. Peguei no meu pau e ele se mostrava excitado. Sentia-me acalorado para além da existência do verão. Eu parecia ir me inundando de um ponto interior que vinha caudaloso a ponto de eu tremer e em gozo sexual ser jogado sobre urzes e terra seca contendo misteriosamente um lodaçal ou de uma vertente teimosa ou de uma chuva que a memória não podia ali abarcar.

Bebi um pouco daquela água sem olhar seu estado de sanidade. Não senti gosto algum. Sorvi mais uns dois goles. Ouvi o barulho de um avião passar. Levantei-me com um certo custo, feito viesse de uma prostração antiga, da qual eu precisasse enfim me libertar para encontrar um teto seguro antes de a noite descer.

Levantei-me, pois, e senti insegurança em dar meus primeiros passos após ser jogado contra o solo à mercê de alguma força que eu não pude dominar. De onde vinha aquele rompante que me impelira a um soluço genital mesmo que para tal eu não parecesse preparado? Dei uns passos como que incorpóreos: eu não pertenceria mais àquela terra esturricada, meus pés enlouqueceriam, as solas saltariam, no solo mal iriam tocar.

E sob meus pés rasgava-se de repente uma vala para onde pulei assim que a percebi. Na certa uma trincheira de alguma guerra sobre a qual eu não tomara conhecimento, quem sabe de traficantes, de alguma coisa assim, eu estava numa zona periférica. Mas aquele local não tinha o ar de ter sofrido uma conflagração, eu ouvia pássaros, sim, e no meio deles planava um silêncio para sempre obsequioso com os pequenos trinados. Súbito nada mais restou, nem os trinados, nada mesmo, só a mais impositiva calmaria, e então fiquei um tempo sem me mexer para não causar nenhum distúrbio à ordem da hora, assim, os braços caídos, os olhos em meio ao dia que ia se dourando ao se aproximar do entardecer.

Um simples "ai" que eu exalasse seria demasiado. Então calei-me e o silêncio emergia de mim sem qualquer esforço, era como se a voz não tivesse sido ainda projetada para as grandes compreensões, sim, e eu de fato nada precisava compreender — nem precisava antever o destino onde iria adormecer mais tarde, se em casa ou no hospital. E digo mais: ali não me interessava sequer a saudade que eu quiçá pudesse sentir do garoto nas próximas horas; nem me interessava preparar mais uma rodada de explicações sobre a palavra "saudade" para dar a meus alunos de português para estrangeiros — a palavra "saudade" sobre a qual eu explanava orgulhoso como exclusiva desse idioma. Eu não pensava em nada ali naquela vala e me agachava e me encolhia — um caracol puro feixe de nervos que agora se distendia lentamente e novamente se fechava e se distendia e se fechava...

Recebendo alta, levaria novamente o meu isolamento para o velho endereço talvez naquele dia ainda, e certamente queria mesmo postergar essa passagem, então eu deveria ficar aqui encolhido como bicho, me distendendo e me fechando, no alheamento dessa vala onde sinto a pulsação da terra, de onde lesmas saem de seus ínfimos buracos, a sinalizarem que a seca aqui é ilusória — a umidade, sim, me inundará me redimindo da humilhação por todo esse estado desgraçado, amém.

Até que parei feito uma estaca. Senti um toque meio submerso, certamente de uma ausência que ainda quem sabe eu não tinha condições de desvelar. Mas não, eu agora identificava a fonte do contato, sim: era um bicho irreconhecível, grisalho, pelas frestas do pelo ralo via-se a carne azulada, um bicho que se achegara e recuara e agora vinha novamente, se desentranhando da terra. Inadmissível que um animal desconhecido do meu vocabulário zoológico viesse tentar alguma conveniência no meu corpo, um animal aparentemente sem maiores desconfianças nem hostilidade. Não se constituía num bicho bonito nem causava em mim algum franco sentimento de rejeição. E me perguntei se não deveria levá-lo comigo aonde quer que fosse, para o pronto-socorro ou minha casa ou pelo menos por mais algumas horas de caminhada a que eu precisasse ainda me submeter.

Ele veio de novo jogando-se macio na minha barriga e eu toquei-o meio confrangido, com um calafrio, e ele em resposta ao meu toque grunhiu sem sinal do que pudesse significar aquele som e eu empurrei-o contra o solo crestado e me levantei e saí do meu esconderijo resvalando duas vezes e quando me libertei do meu estado subterrâneo, agora inteiro na planura de cima, percebi que o sol descia no horizonte e que precisava saber o que fazer de mim, urgente.

Eu temia não chegar a tempo de poder reconstituir a realidade da qual era oriundo, a do pronto-socorro e tudo o mais. Temia, sim, que os médicos e enfermeiros do hospital já tivessem dissolvido da memória a minha presença, que os registros de minha internação se desmanchassem e que, antes desse ponto aqui no fim da tarde, nessa estrada poeirenta sem passantes, tudo o mais seja uma ilusão cunhada por força do meu próprio desabrigo.

Eu estava ali, numa meditação enfermiça — mal de que sempre padecera. Estava ali, tocando os pontos na cabeça, mais uma vez procurando reafirmar o talho que me tinha levado ao pronto-socorro de uma cidade em cujas cercanias eu navegava agora em cogitações febris. Pensei se não seria o caso de alguns robustos micróbios me invadirem por aquele corte na cabeça me deixando tão entregue que nenhum antibiótico teria o poder de me salvar. Dormir, morrer obrigando uns gatos-pingados a sentarem em volta do meu corpo, velando-me por algumas poucas horas para eu ir depressa com o prêmio de não ter mais de aferir a realidade ou irrealidade das minhas circunstâncias. Pensei isso sem sentir a mínima autocomiseração. Se pudesse assim escolher por vias transversas o meu ponto fatal, seria grande a chance de tudo correr bem. Iria de cabeça erguida, um pequeno herói seguro do andamento de seu próprio desfecho.

Estava ali, observando aquilo tudo que chamavam de mundo, e me dizia, era preciso me suicidar se tivesse uma bravura. Eu me perguntava se deixaria alguém culpado diante da minha decisão, como se realmente possuísse alguém objetivamente permeável ao meu desaparecimento. Então corri, me dasabalei tanto em direção nenhuma que parecia voar, no duro, uma sensação de que eu não tinha pés nem peito nem cabeça raspando na terra, que eu ia, simplesmente isso, ia no ar, que eu era um sujeito incapaz de me enredar com a gravidade, que eu simplesmente ia em direção nenhuma e que depois disso seria provável que eu não soubesse mais sofrer.

16

Estremeci. E abri os olhos. Eu estava deitado sobre uma areia grossa. Parecia amanhecer, tudo ainda muito pálido. Uma pandorga negra se movia lenta em uma altura nem tão distante. Vendo do meu ângulo ela se sobrepunha a uma chaminé muito alta que não custei a identificar como sendo a da Usina do Gasômetro à beira do Guaíba. Sentei. Senti-me um tanto estonteado. Mesmo assim me levantei. Sacudi a areia que vinha na roupa. Olhei em volta e não tive dúvidas de que era uma aurora. Eu estava na Volta do Gasômetro, um dos cartões-postais da cidade, e não tinha vontade de extrair daí alguma garantia de que me encontrava no lugar certo para retomar meus pontos cardeais — e assim prosseguir enfim com mais conforto e segurança.

Tateei um pouco o vazio em torno e a minha cabeça já não fazia tantas voltas: poderia, sim, dar continuidade ao que até ali eu parecia não poder vislumbrar. Para começar, seria eu o mesmo ou aquele que acordara já era outro? Fui seguindo com espaçados suspiros o fio pouco nítido que sustentava a pandorga, desde o topo até as presumíveis mãos que o seguravam. Avancei quando percebi a origem do fio que saía de uma reentrância ao pé de um barranco. Aproximei-me, vagarosamente, e vi: era um adolescente com cara de índio, pelo jeito tinha se extraviado da ninhada de uma índia a vender cestos no calçadão da rua da Praia. Um menino que crescera sozinho pelas ruas e agora, adolescente, soltava uma pandorga negra ao fim de uma madrugada que anunciava o dia de um sol já bem viçoso a despontar no horizonte entre edifícios.

O menino se franzia todo de medo da minha presença abrupta. Se houvesse uma toca no barranco nela ele entraria por certo para fugir de mim. Piá, falei. Eu poderia aproveitar a ocasião para partir calado. Mas não, não me afastei de imediato e repeti: piá, piá. Não tinha ideia se ele entendia o significado do quase nada que eu queria comunicar, se é que eu quisesse comunicar ali alguma coisa. A palavra saía da minha boca como uma graciosa litania para eu seguir a caminhada cujo fim eu ainda não previa.

17

Virei-me em direção aos prédios, pois era com a cidade que eu teria de me entender agora, eu sabia, eu deveria voltar se ambicionasse de fato sair daquela situação ilhada.

O sol vinha vermelho e me banhava. Fiz um passo de dança, fiz dois, três, abri os braços.

O vento parecia ser o de primavera e se esmerava em sua viagem quase, quase brisa. Sim, os jacarandás floridos. Havia muitos na rua por onde eu passava.

Enfiei a mão no bolso à cata de um guardado que eu não queria pronunciar por medo que faltasse. Ah, enfim, eram as chaves do prédio e do apartamento onde eu morava.

O prédio se erguia diante de mim. Eu o reconhecia sentindo nas têmporas o vento na certa de outubro. Aproximei-me, toquei em sua parede e mais não fiz porque não precisava. Um caminhão de cerveja deixava gradeados num boteco logo ali na esquina.

A porta do apartamento entreaberta. Um bebê chorava. Era o filho de minha empregada que com certeza dera um pulinho na casa da velha vizinha para ajudá-la a sair da cama e servir-lhe o café. Com isso Daiane ganhava uns trocados a mais para criar o menino.

Fui a seu quarto ao lado da área de serviço e peguei o garotinho. Ele berrava, sua boca enorme. Abri a camisa. Botei sua cabeça junto dos ralos fios de cabelo do meu peito, mais precisamente no meu coração. E falei, piá. Ele se aquietou pouco a pouco... adormeceu.

E, quando vi, Daiane estava na minha frente com os braços estendidos para pegar a criança.

Bernardo foi para o berço improvisado e já era possível ouvir seu brando ressonar.

Curvei-me e mostrei a Daiane o meu ferimento na cabeça. Ela disse que passaria uma água.

Fui para o quarto.

Ela veio também.

Pôs-se a passar um pano molhado.

De repente, parou.

E começou a tatear o céu da minha pele.

Eu disse umas palavras em fase ainda obscura, francamente informe, sim..., mas aspirando a pronunciá-las com intensidade e luminosa clareza...

E me virei de frente. Ela estava sentada à beira da cama. Olhava-me com um olhar que eu nunca tinha visto antes.

Súbito a claridade se antecipava, já ardia nas vidraças, invadia o quarto, aquecia.

Os corpos se puseram a transpirar, arfar: se expandiam... Ergui-me um pouco, me apoiei no braço. E vi que ia beijar seus lábios entreabertos. E tirar sua roupa. E depois a minha. E ia, sim, lentamente... entrar...

Este livro foi composto na tipologia Excelsior, em corpo 10,5/15, e impresso em papel off-white 90g/m² no Sistema Cameron da Divisão Gráfica da Distribuidora Record.